```
D0656730
```

DE8M990 S02 -

NOUVELLES LOCALES

DU MÊME AUTEUR

Il fait dimanche (fragments et récits),
Machin-Chouette Éditeur, 1992.

Ne touchez ni aux appareils électriques ni à la cafetière (récit),
Machin-Chouette Éditeur, 1994.

J'ai soif, Lisa

La consultation

Un entretien avec Maria Carreau (fictions radiophoniques),
Chaîne culturelle de Radio-Canada, 1997, 1998, 1999.

À PARAÎTRE

Morceaux épars sur l'Atlantique (roman),
Éditions Trois-Pistoles, automne 1999.

NICOLE FILION

NOUVELLES LOCALES

NOUVELLES

ÉDITIONS TROIS-PISTOLES

INÉDITS

Éditions Trois-Pistoles
31, Route Nationale Est
Trois-Pistoles
G0L 4K0
Téléphone: 418-851-8888
Télécopieur: 418-851-8888
C. électr.: ecrivain@quebectel.com

Saisie du texte: Nicole Filion
Conception graphique et montage: Monique Carrier
Révision: Monique Thouin et Marc Veilleux

Couverture: Illustration de Raymond Bonin

Les Éditions Trois-Pistoles bénéficient des programmes
d'aide à la publication du Conseil des Arts du Canada,
du ministère du Patrimoine (PADIÉ) et de la Société
de développement des entreprises culturelles
du Québec (SODEC).

EN EUROPE (COMPTOIR DE VENTES)
Librairie du Québec
30, rue Gay Lussac
75 005 Paris France
Téléphone: 43 54 49 02
Télécopieur: 43 54 39 15

ISBN 2-921898-57-8
Dépôt légal: Bibliothèque nationale du Québec, 1999
Dépôt légal: Bibliothèque nationale du Canada, 1999

© ÉDITIONS TROIS-PISTOLES, 1999

«... et soudain l'envie me prit de coucher tout ça
tel quel sur le papier afin que les autres
puissent reconstituer à leur tour
ces tableaux enfilés comme des perles
ou des grains de chapelet
sur la chaînette ténue de ma vie.»

Bohumil Hrabal

CÉCILE

L a première fois que j'ai entendu parler de la Vallée de la Matapédia, d'Amqui plus précisément, j'avais six ou sept ans, peut-être même dix, c'était en 1924, non 27... Enfin, ça n'a pas d'importance; rien n'a jamais d'importance, ni le temps qui passe ni le ciel qui s'assombrit tous les soirs, les oiseaux non plus, avec leurs grands vols inutiles au-dessus des toits. Je me rappelle que j'étais assise dans la cuisine, mais c'aurait aussi bien pu être le salon ou la salle familiale, pourquoi pas, nous avions les deux. Le salon était grand, ensoleillé, la salle familiale l'était encore davantage. Mais je m'égare. En fait, ce jour-là, nous étions en été, au tout début de l'été, et le vent venait tout juste de se lever, quoique je n'en sois pas tout à fait sûre, en vérité. Qu'importe! Nous étions en été, j'avais six ou sept ans, peut-être même dix, et j'allais recevoir une leçon de vie que je ne devais jamais oublier. Jamais, de toute ma vie.

Nous avions des invités à la maison, ce jour-là. Des amis de mes parents: Pablo et sa femme, Cécile. Ils revenaient d'un voyage aux États et s'étaient arrêtés chez nous quelques minutes en passant. «On est juste venus faire un p'tit tour», a dit Pablo; il ajouta qu'ils devaient repartir le jour même pour Amqui, là où ils habitaient depuis plusieurs années déjà. Pablo y était vendeur d'assurances, Cécile, euh... Cécile... À ce que je sache, Cécile ne vendait rien du tout.

« Pourquoi ne pas rester un jour ou deux? » ont proposé mes parents.

Chose dite, chose faite, Pablo et Cécile étaient restés. Ils avaient dormi dans la chambre du haut. Avec les pigeons, les fourmis et les branches du merisier qui se frottaient à la fenêtre. Une chambre encombrée de vieux meubles: chiffonniers, vanités, chaises branlantes et miroirs ternis. Ils avaient bien dormi, ont-ils dit le lendemain. Mais Pablo s'était levé du mauvais pied, du mauvais œil; il en avait eu assez des chaises branlantes, des rideaux de dentelle, salmigondis et autres mondanités. Il avait décidé de repartir sans plus attendre. Se promener sur la terrasse, dîner dans la grande salle à manger du Château, visiter le zoo, l'aquarium? Une autre fois. Quand ça adonnera mieux...

« Fais ta valise, Cécile, on s'en va.

— Mais pourquoi? ont demandé mes parents.

— Parce que... répondit-il sèchement.

— Voyons, Pablo! Tu vois toujours ben qu'ç'a pas d'bon sens! » s'est insurgé mon père pendant que ma mère s'efforçait vainement de consoler Cécile, qui était inconsolable, Cécile qui s'affaissait comme un vieux divan. Mûre pour la chambre du haut, Cécile!

Hélas! Pablo s'était montré inflexible. Il s'ennuyait en ville. Il s'ennuyait du grand lac calme, de sa chaloupe avec un petit moteur à deux temps qui s'enrouait les soirs de brume. Il n'avait qu'une idée en tête: essayer cette nouvelle canne à pêche qu'il venait tout juste d'acheter, légère comme une plume, « comme un battement d'ailes», avait-il dit à mon père, la veille, alors qu'il était en veine de confidences; il avait ajouté qu'il n'en conserverait pas moins son vieux moulinet, un Mitchell extrêmement performant qu'il s'était procuré dans une vente de feu, il y avait deux ou trois ans de cela. Il l'avait eu pour une bouchée de pain.

Et Pablo s'était mis à rêver: l'île Ronde, les huards, la pluie sur le lac, le lac sous la pluie. Une famille de canards avait élu domicile dans l'anse. Des joncs raclaient le fond de l'embarcation et lui, Pablo, aimait tout particulièrement le chant ténu de la rivière, à l'embouchure. Bref, malgré les larmes de Cécile, la désapprobation de ma mère et les haussements d'épaules de mon père, les bagages avaient repris leur place dans le coffre de la voiture et Cécile s'était levée de table, le cœur gros.

«Ne marie jamais un homme plus vieux que toi», me glissa-t-elle à l'oreille en m'embrassant avant de partir.

Les années ont passé. Elles passent toujours, les années. Le temps n'en finit jamais de passer, de repasser, de faire semblant d'aller ailleurs et de revenir en douce; on n'échappe pas au temps. La marée qui se retire l'abandonne sur la grève avec des oursins morts. Il tremble dans les marécages. Gratte la porte pour qu'on le laisse entrer, comme un chien. Le temps nous pend au bout du nez. Le temps de le dire et on se retrouve des années plus tard, à seize ou dix-sept ans, en train de faire des voyages qui forment la jeunesse.

Quelques années plus tard, revenant d'un voyage en Gaspésie, je traversais la Vallée à la fine épouvante, comme le font tous les touristes, lorsque le conducteur de la voiture dans laquelle nous avions pris place, mes compagnes et moi, s'est tout à coup exclamé : « Amqui ! Là où l'eau s'ennuie. » J'ai baissé la vitre, j'ai regardé à droite, à gauche, en avant, en arrière, j'ai eu beau écarquiller les yeux, chercher partout, espérer, implorer, prier, je n'ai rien trouvé qui fût vraiment joli. À peine une ville, même plus un village. Des constructions éparses : habitations poussiéreuses, silos à grains, gare, stations-service et cours à bois. J'ai eu une pensée émue pour Cécile. Je savais qu'elle était déménagée. Son vieux mari disparu, elle avait enfin quitté cette ville où elle s'était ennuyée tant et tant, où la solitude s'était faite plus grosse que le lac. À Chicoutimi, sa ville natale, elle avait retrouvé sa jeunesse, sa famille, ses amis. Elle y était heureuse, avait dit ma mère. Cela m'avait fait plaisir. La jeune fille que j'étais supportait mal l'idée d'une vie emplie de tristesse.

N'empêche ! Toute cette histoire n'était pas tombée dans l'oreille d'une sourde. Le temps venu, le temps vient toujours à qui sait l'attendre, j'épousai un homme plus âgé que moi de quatre mois, deux semaines et trois jours et lorsque survient entre nous un petit différend, tout petit petit, je l'attribue infailliblement à la différence d'âge. « Comme tu es vieux ! » lui dis-je. Et si je suis vraiment en colère, j'ajoute, en soupirant très fort :

« J'aurais donc dû écouter Cécile... »

LE DÉFILÉ

Je lui ai dit: «Monsieur le maire, il y aurait place pour quelques petites améliorations. Si vous n'y voyez pas d'inconvénient, cette année, je m'occuperai personnellement du défilé de la Saint-Jean-Baptiste.» Il me regarde d'un œil soupçonneux. Il craint sans doute que je ne le fasse défiler, lui et ses semblables avec lui, les poches pleines, le regard tors, sombres acolytes, visages à deux faces et valets de pacotille. Il a raison de se méfier. Pour le clouer au pilori, l'acculer au pied du mur, ce n'est pas l'envie qui me manque. C'est l'audace. Triste à dire, mais je suis une femme sans audace. C'est à cause de ma mère. Elle me défendait de grimper aux arbres, coupait court à toutes mes initiatives. J'ai tenté de faire la même chose avec mes fils, mais ça n'a pas marché. Ils sont devenus alpinistes. Ils sont devenus terroristes.

Revenons au défilé. «Quel en sera le thème?» ont demandé les conseillers. J'ai répondu aussitôt, du tac au tac (je n'ai pas la langue dans ma poche):

«Notre petite ville, messieurs les conseillers, notre petite ville. Avec ses bons et ses mauvais côtés. Ses collines, ses balcons, ses portes patio. Ceux qui l'habitent, ceux qui la quittent. Tenez! en tête du cortège, je mettrai les propriétaires de pelouses. Trente propriétaires — cinq de front — poussant hardiment leurs tondeuses à gazon au son d'une marche militaire. Vous imaginez l'ambiance! Les jeunes vont adorer. Ils seraient suivis de leurs épouses en bikinis, en train de laver leurs voitures. Plusieurs voitures, plusieurs bikinis et plusieurs épouses, certaines rangées dans le coffre arrière comme des valises. C'est pour mieux le nettoyer. À vrai dire, on pourrait presque en mettre dans le coffre à gants, les femmes sont si minces de nos jours... Et les enfants suivraient, messieurs les conseillers, à bicyclette, en trottinette, sur planche à roulettes; vaccinés et vermifugés, comme des chiots; carnets de santé et relevés de notes en bandoulière. Quant aux commerçants, ils feraient tinter leurs caisses. *And all in the same train.* Les pères de famille brûleraient leurs steaks sur charbons de bois, les vieux marcheraient de long en large, à petits pas menus sur des chars d'asphalte. Les non-voyants fracasseraient les vitrines. N'ayez crainte, j'ai prévu des civières pour les cas graves. Nous observerons une minute de silence. Les malentendants seront ravis. C'est qu'il ne faut oublier personne! Christine, par exemple! Ah, Christine! cette brave mère de famille en goguette, avec son blouson de cuir et son bermuda tout effiloché, chansonnette aux lèvres, caressant d'un doigt tendre et concupiscent la photographie d'un chanteur populaire glissée à l'intérieur de son porte-monnaie. Ni vu ni connu. Fausse rockeuse, va! Elle serait parfaite à l'arrière-garde, juste devant le curé suivi de ses ouailles, tous ceux qui assistent hypocritement à l'office du dimanche pour mieux vous voler le lendemain. Pantalons de fortrel et chemisettes fleuries, les indigents, les démunis, les moins nantis leur emboîteraient le pas. Nous les ferons jeûner une semaine ou deux, si nécessaire. À moins que nous ne les gavions de Coca-cola... Notez, leurs femmes sont faciles à reconnaître: elles ont l'air fatigué, elles fument. Le rôle social des pauvres est parfois lourd à assumer. Enfin! je vous laisse le soin de décider, messieurs les conseillers. On pourrait aussi tendre des fils électriques entre les chars, faire défiler les merles en rang d'oignons, les pits de gravelle, les pots de violettes africaines, les missionnaires, les actionnaires. Les camions à neige pourraient déverser leurs chargements dans la rivière. D'ailleurs, pourquoi ne pas en profiter pour la combler, la rivière? La mettre à sac? En faire une piste cyclable sur laquelle nous pourrions défiler tout à notre aise sans avoir à détourner le trafic... Les touristes n'aiment pas qu'on leur bloque la 132! Ils sont pressés de partir, les touristes! Il faut les comprendre!

«Non! je n'ai rien prévu pour les joggeurs, mais ça viendra, ne vous inquiétez pas. J'ai la situation bien en main. Il y a une solution à tout, disent les notaires. D'ailleurs, on devrait les faire parader, les notaires, avec leurs solutions... Une solution de facilité, la solution finale et ainsi de suite, plusieurs couches en alternance. Commencer et finir par les ingrédients secs. Je suggère également que le marcheur cesse de marcher; on l'a assez vu! Toutes ces années à errer sur le palier, à bifurquer d'un côté comme de l'autre. Et pour l'amour du ciel, qu'on bâillonne la chorale! Le clou du défilé? Les files d'attente, messieurs les conseillers, les longues files d'attente, un numéro à la main, à l'urgence des hôpitaux; celles aux guichets de la caisse populaire, ce long passage obligé entre des piquets d'acier inoxydable et des cordons tressés bleu royal. Sans compter toutes les autres files, innombrables, et vénérables, celles avec le chariot d'épicerie, les jeunes filles aux aguets à côté du téléphone, les malades dans l'attente de la mort, la mort qui attend son heure, les héritiers rêvant d'héritage... Vraiment, les files d'attente, ce sera formidable! Tellement vrai, tellement humain, si j'ose dire. Il ne faudrait pas non plus négliger les automobilistes à la recherche d'espaces de stationnement, les chômeurs à la recherche d'emplois, les patrons à la recherche du temps perdu. Et ce ne serait pas un petit saint Jean-Baptiste qui défilerait, mais des centaines, des milliers d'enfants aux cheveux blonds et bouclés, vêtus de peaux de bêtes, avec Brigitte Bardot aux trousses, les pourfendant, les vilipendant.

«Et pour couronner le tout, la langue française! Ah, notre belle langue française, messieurs les conseillers! Je la vois d'ici, juchée sur son char, comme Cléopâtre dans *Astérix*, entourée de lois, de règles et de jeunes contrevenants, les fautes d'orthographe brûlant à ses pieds dans un petit enfer.

«Oui, je sais... il faut rendre le défilé accessible aux handicapés, transcrire le nom des commanditaires en braille, prévoir des rampes d'accès, des feux de paille... Je me charge de tout, comptez sur moi. Naturellement, vous pouvez réfléchir à ma proposition. Prenez tout le temps qu'il vous faut. J'attendrai. Le jour et la nuit. J'attendrai toujours, et plus encore puisqu'il le faut. Je ne manque pas de patience, seule l'audace me fait défaut. J'ai peur de mon ombre. J'ai peur du vide, du cancer, de la bactérie mangeuse de chair. J'ai peur de glisser, de tomber de haut et de me retrouver toute seule au monde. J'ai peur des chiens, des Hutus, des Tootsies, des iconoclastes et de Virginia Woolf. J'ai peur de ne pas être à la hauteur, de ne pas livrer la marchandise. À vrai dire, messieurs les conseillers, nous devrions tous défiler en hurlant, nous arracher les cheveux et nous précipiter au cimetière, une fois pour toutes.»

UN PORC-ÉPIC

Tout vieux qu'il soit, l'homme de ma vie ne m'en a pas moins amenée à la chasse, un jour, il y a une bonne vingtaine d'années de cela. Quelle idée saugrenue! Fallait-il que l'amour l'égare! M'amener à la chasse, moi, qui n'avais jamais été nulle part... Moi, pour qui la vie sauvage n'était qu'une sorte d'encyclopédie bon marché qu'on achetait à l'épicerie, un fascicule à la fois, une reliure en prime tous les dix ans. Ravages d'orignaux, perdrix qui tambourinent, lièvres grignotant des petits cailloux sur le bord des chemins, tout cela m'était parfaitement étranger à l'époque. Évidemment, j'avais déjà vu un orignal au jardin zoologique, mais cela n'avait rien à voir avec la réalité, et puis je n'aime pas les zoos. Ces faux icebergs qui ne fondent jamais dans l'enclos des ours polaires, les flamands à une patte, les singes usant leurs derrières sur le ciment des cages, très peu pour moi, merci.

Moi, ce que j'aime, c'est la lumière de fin de journée dans les chambres, et la belle nappe fleurie que ma mère m'a laissée en héritage, avec des amis autour, des conversations passionnées; moi, ce que j'aime, c'est les sonates pour violoncelle, et puis les livres avec leurs phrases longues ou courtes, douces ou tendres, ou cruelles, ou amères. J'aime aussi le vent qui folâtre dans les arbres mais...

Revenons à nos moutons.

Un beau matin, passant outre ma mythologie enfantine selon laquelle il s'agissait là d'une activité répréhensible — la chasse et la pêche étaient ce genre d'activités un peu malsaines auxquelles se livraient certains de mes oncles —, un beau matin, dis-je, nous sommes venus à la chasse dans la Vallée. C'était en 1936, non 40. Ça ne fait rien, ça n'a pas d'importance. D'ailleurs, pourquoi la Vallée? Le hasard, sans doute. À moins que ce ne soit le destin! (Ah! tous ces gros mots qui nous viennent en bouche quand il s'agit d'expliquer l'inexplicable...) En réalité, si je suis venue, c'est à cause du ciel, à cause des collines, tiens! À moins que ce ne soit la faute du train...

Le train, oui, c'est bien cela! Moi, ce que j'aime, c'est entendre siffler le train. Les nuits tièdes et brumeuses qui font briller de fines gouttelettes d'eau aux branches des arbres font aussi chanter les trains. Il m'arrive alors de fermer les yeux pour mieux voir la locomotive fendre les murs, traverser le temps et faire irruption dans la chambre... De toute façon, allez donc savoir pourquoi on se découvre tout à coup en train de prendre les décisions qui s'imposent, de faire des choix qui engagent pour la vie, les années à venir, l'après-midi qui vient... Comme s'il fallait toujours bouger, avancer, entrer en gare, brouiller les pistes et nous en retourner, bredouilles, Gros-Jean comme devant. Comme si l'immobilité ne menait nulle part...

Quoi qu'il en soit, nous sommes bel et bien entrés dans la Vallée un matin ensoleillé d'automne. À notre premier arrêt, nous avons rencontré un porc-épic. J'avais beau avoir trente ans passés, c'était mon premier porc-épic.

«Comme il est maladroit! C'est beau, ces épines, non? On dirait du vert-de-gris...»

En train d'abattre deux ou trois bécasses dans une aulnaie — ce qui est tout à fait illégal —, Benoit n'a pas daigné répondre. Nous avons poursuivi notre chemin. Il faut toujours poursuivre, aller au bout de ses intentions: «Ne t'arrête pas en route», disait ma mère. Mais nous nous arrêtions parfois. Un soir, à la brunante, nous nous sommes arrêtés et nous avons délogé une oie blanche qui se prélassait dans un champ. Benoit insiste pour dire que c'était Coutureval. Je fais semblant de le croire, mais ça n'a pas vraiment d'importance. L'important, c'est que je me sois dit alors, combien, ô combien j'aimerais vivre en compagnie de cet homme et de cette outarde, sur cette même colline, dans cette région vallonneuse où il faisait si froid, non loin de ces petites villes légèrement tristes, moyennement désertes, aux maisons délabrées, car les maisons étaient un peu délabrées, à l'époque; c'est triste à dire, mais c'est comme ça: les maisons étaient délabrées et elles le sont davantage encore de nos jours, pour la plupart du moins. Je parle naturellement de celles qui valent la peine qu'on parle d'elles, celles qu'on ne cesse de remplacer par des entrepôts de bas étage, des salles de quilles, de faux manoirs, des centres d'achats en briques roses qui poussent au ras du sol comme des champignons, comme les roches que les gens d'ici doivent ramasser au mois de mai quand ils vont aux champs. Bref, les maisons étaient un peu délabrées, l'*Hôtel Raymond* avait mauvaise mine et la route... Seigneur! la route. Bordée de concessionnaires automobiles, de cours à scrap, d'amas de ferrailles. «Ça va me mener où, tout ça?» gémissait-elle. Rue du Pont, un homme en chemise sortit de l'ancienne tabagie. Je me rappelle m'être dit que les habitants de cette vallée glaciaire devaient être bien endurcis au froid pour se promener ainsi, à peine vêtus, un soir d'automne.

Vite, une maison délabrée, ai-je pensé alors. Avec ou sans porc-épic... Des crépuscules précoces ou tardifs, selon les saisons...

NON!

Décidément, cela ne me satisfait pas! Oubliez tout. Depuis le début. Rien n'est vrai. Je ne suis pas venue habiter la Vallée le 28 février 1976. Je suis tombée dedans. Par hasard. Pour tout vous dire, je voyageais avec un ami; j'étais assise sur la banquette avant, à ses côtés, il conduisait et je regardais le paysage en chantonnant comme j'avais coutume de le faire à l'époque, toutes les chansons y passaient, les deux albums de Léveillée, celui de Gauthier, et puis Vigneault, Leclerc, Brel, Ferré et Boris Vian, je chantonnais donc lorsque, pris de je ne sais quelle frénésie ou simplement las de m'entendre, l'ami en question stoppa brusquement la voiture.

Le fait est que je ne chante pas très bien; je le sais. Aucune directrice de chorale n'a jamais voulu de moi. Ce n'est pas faute d'avoir essayé. J'aurais adoré avoir l'oreille parfaite, mais ça ne s'est pas passé comme ça. Aucune fée n'a présidé à ma naissance, ma marraine ne s'est pas penchée sur mon berceau; d'ailleurs elle était plutôt sotte, ma marraine. Le seul souvenir qu'elle m'a laissé, c'est une bonbonnière vide qu'elle m'avait offerte pour mon anniversaire. Mais je m'égare. En réalité, après avoir stoppé la voiture, mon ami, qui s'appelait X... et que je n'ai jamais revu depuis, a appuyé sur le bouton qui sert à ouvrir le coffre arrière; il est descendu de voiture et, à ma grande surprise, je l'ai vu prendre mes valises et les déposer sur l'accotement. J'en avais deux. Une petite et une grande. Les pauvres! elles avaient l'air déplacé, toutes seules comme ça, sur le bord de la route. Ça n'était pas un endroit pour elles. J'ai protesté, mais Y... s'est montré impitoyable. Il m'a invitée à descendre à mon tour et je suis descendue. Qu'aurais-je pu faire d'autre?

J'ai vu la voiture qui s'éloignait rapidement dans le noir. Ses feux arrière ont brillé quelque temps encore avant de disparaître pour de bon. La route avait pris un mauvais tournant. J'aurais dû pleurer, trembler de peur, de froid, frissonner de honte, invoquer le ciel, mais je n'en ai rien fait. Je me suis contentée de regarder autour de moi en me demandant sur quelle planète j'étais. L'endroit était sinistre: un cap de roche suintant, une eau sourde et monstrueuse qui longeait hypocritement la route à quelques pas de moi. Une odeur d'orage. Les oiseaux s'étaient tus, les arbres retenaient leur souffle. Un éclair traversa le ciel et, tout à coup, j'entendis une drôle de petite voix qui disait:

«S'il te plaît, dessine-moi un saumon.»

LA VIE DES LUPINS
APRÈS LA GUERRE

Couchée dans le tournant de la route pas très loin du lac, la maison n'était pas si délabrée que ça en fin de compte. À sa gauche, un petit bois de rien du tout, dont nous ferons toute une histoire, et un long rang désaffecté qui s'en allait mourir dans la Seigneurie: fenêtres placardées, portes ne donnant plus sur aucun balcon, fondations mises à nu, granges effondrées, carcasses de voitures, pick-up sans roues, charrues rouillées, les lilas qui persistent à fleurir encore et encore.

La cuisine était peinte en bleu. «Pas très joli!» a dit Chantale venue nous rendre visite, un jour. J'en reparlerai d'ailleurs. En temps et lieu. Je vais lui en faire, des «pas très joli», à Chantale. Si elle croit qu'elle peut passer son temps à dénigrer le bleu bonheur des autres...

Nous avons emménagé le 28 février 1976, à l'heure du souper. C'était un samedi. Emménagé, c'est beaucoup dire. Disons que nous avons défait nos valises et installé la lampe Tiffany au-dessus de la table. Le reste devait suivre, plus tard. En temps et lieu. Toute notre vie allait suivre, en temps et lieu. Étrange, ce temps qui balise nos allées et venues...

Le lundi, à la première heure, nous sommes descendus au village. Une sorte de mission de reconnaissance. Il fallait acheter des provisions, avertir le bureau de poste que nous étions là et que nous risquions fort de recevoir du courrier, un jour ou l'autre, c'est inévitable, tout le monde finit par recevoir du courrier, ne serait-ce qu'une facture d'électricité ou une publicité mensongère sur un prétendu gros lot que nous avons eu la bonne fortune de gagner et qui nous sera délivré en temps et lieu. Je suis donc allée au bureau de poste. (Il faudra vous habituer, c'est toujours moi qui accomplis les démarches embarrassantes, donne les coups de fil nécessaires, réclame son dû et fais patienter les créanciers.) À peine y avais-je mis les pieds que la postière m'a tendu une lettre qui, croyez-le ou non, m'était bel et bien adressée. Confondue... J'étais confondue... «Ma réputation m'a précédée», ai-je dit à Benoit en regagnant la voiture et nous sommes revenus à la maison dans un état de grande perplexité. Que savaient-ils d'autre, ces gens? Étaient-ils au courant que je n'avais pas remis mes derniers travaux et que mon prof de lithographie avait refusé de m'accorder une note? Savaient-ils que mon frère était sur le point de divorcer, que Benoit faisait du cholestérol? Quelle connaissance avaient-ils du temps qui fait toujours son œuvre?

Les bagages ayant fini par arriver, nous les avons défaits. Que pouvions-nous faire d'autre? L'hiver était là, entassé dans la cour, bien blanc, bien net, éternel et immuable. Il prenait toute la place. Le temps, l'hiver, nous étions cernés de toutes parts. «La seule chose qui bouge dans le paysage, écrivais-je aux amis restés en ville, c'est la montagne de fumier chez le fermier d'à côté qui grossit un peu plus chaque jour.» À vrai dire, il ne se passait strictement rien, rien qui vaille la peine d'être raconté, du moins. Nous jouions aux échecs. Un soir, une jeune fille est venue frapper à la porte. «Ma mère vous envoie ça», a-t-elle dit. C'était un dépliant qui décrivait les activités de l'Association féminine d'éducation et d'action sociale. La jeune fille s'appelait Marie-Berthe. Elle s'était nommée comme on passe aux aveux, en rougissant jusqu'à la racine des cheveux. Elle habitait la maison voisine, ils étaient dix chez elle, le père était agriculteur, la mère enseignante. Le samedi soir, les filles allaient danser au *Bel-Air*. Un point, c'est tout.

MÉCHANT
PETIT POÈME

Et l'automne qui n'en finissait pas. On n'y prête pas toujours attention, mais les rues sont pleines de gens qui marchent, qui marchent tranquillement, qui reviennent d'un enterrement, car même si on n'y prête pas attention, les villes n'en sont pas moins pleines d'enterrements, de cloches qui sonnent, de portes qui claquent, des vieux, des vieilles, qui avancent tranquillement, d'un pas lent, en s'appuyant sur leurs cannes, le visage impassible, le cœur faussement endimanché. Ils ont mis leurs plus beaux vêtements, qui ne sont pas bien beaux en réalité, tout juste convenables. Un vent chaud caresse leurs visages. L'air est si frais, si doux que les feuilles refusent obstinément de tomber, que les brins d'herbe se haussent sur la pointe des pieds : «C'est pour mieux vous sentir», disent-ils aux géraniums, qui rougissent de plaisir. L'air est si frais, si doux que les vieux et les vieilles se surprennent à prendre une profonde respiration, comme si c'était la dernière fois, comme si demain il allait être trop tard.

«À qui le tour, demain? demande quelqu'un.

— Demain, je crois bien que c'est le tour à Jos L'Italien.

— Maudite vieille fatigante, rétorque Jos L'Italien. J'te dis qu'j'ai hâte que ce soye à ton tour de l'ver les pattes...»

Et Jos L'Italien rentre chez lui, là où il ne verra plus rien de la douceur du jour, là où le linge dort, suspendu à des cordes, là où des clôtures s'effritent en silence.

Et le lendemain, la ville est de nouveau encombrée de gens qui marchent tranquillement dans la douceur du jour, des vieux, des vieilles, qui se rendent à l'enterrement de Jos L'Italien, mort aux petites heures, de mort naturelle et circonstancielle.

LES MARCOUX

Il neige, il neige. Des flocons bleus, blancs, jaunes. Qui a neigé neigera, me dis-je en laissant retomber le rideau.

J'ai perdu la foi. Je ne crois plus au printemps. Qu'un printemps puisse venir à bout de toute cette neige, qu'un été verdoyant puisse un jour naître et s'épanouir sur ces collines glacées dépasse mon entendement. Nos parties d'échecs se multiplient. Une feuille collée au mur avec un morceau de papier collant tient le compte de nos victoires respectives: cent dix-sept pour Benoit, cent seize pour moi. L'éternité est parmi nous, mes frères.

Un soir de mars — y avions-nous été invités ou nous sommes-nous présentés de nous-mêmes, peu importe —, un soir de neige, nous nous sommes retrouvés chez nos voisins, la femme au dépliant. La cuisine était si grande qu'elle semblait vide. Une sorte de réfectoire, avec un banc qui longeait la table et une demi-douzaine de chaises berçantes alignées contre le mur, face à la porte d'entrée, au cas où quelque chose d'autre que la neige viendrait leur rendre visite. À notre arrivée, les chaises étaient toutes occupées. «Qu'allons-nous devenir?» ai-je chuchoté à l'oreille de Benoit. En moins de deux cependant, Patrice fit lever les enfants, qui durent nous donner leurs sièges. Ils le firent sans

rechigner. Comme le temps passe! Il n'y a pas si longtemps, j'étais de ceux qui devaient donner leurs sièges.
J'ai passé toute mon enfance à donner ma place à tout
le monde, aux mononcles, aux matantes, à mes sœurs
aînées qui venaient d'avoir un bébé. Que d'autres que
moi aient maintenant à le faire, et en ma faveur encore,
m'apparaissait éminemment suspect. Ai-je l'air si fatigué? Vais-je avoir un enfant?

Je ne me souviens pas si c'est ce jour-là ou un autre
qu'on nous apprit à jouer aux cartes, mais quels piètres
joueurs nous faisions! Ne comprenant rien à rien,
Benoit montrait son jeu à tout le monde, distribuait les
cartes à l'endroit, jouait carreau quand c'était trèfle
demandé. Pour mon compte, je croyais honnêtement
m'en tirer un peu mieux, «Après tout, je sais vivre,
moi», me disais-je, jusqu'au moment où, quelqu'un
m'ayant traitée de concombre, je dus remballer mes
prétentions.

Pour passer le temps, je m'inscrivis à des cours de
macramé, que j'abandonnai rapidement, faute d'apti-
tudes. J'assistai à la réunion mensuelle de l'Association
féminine d'éducation et d'action sociale. Deux dames
ont raconté un voyage qu'elles venaient de faire en ville
à titre de déléguées régionales au congrès de la fédé-
ration. «On a été bien reçues», ont-elles dit. Le soir
tombait sur le lac gelé, il faisait froid, il faisait bleu. Puis,
petit à petit, mine de rien, les jours se sont mis à ral-
longer. Les collines brillaient au soleil; de grands pans
de neige tombaient du toit, le toit s'écroula, les routes
s'effondrèrent. Et le ruisselet devint rivière et les fossés
furent comblés. Bientôt, il n'y eut plus que des prés gor-
gés d'eau, des épanchements de sève et des tranchées

de neiges noires sur lesquelles s'acharnaient les premiers insectes. C'était le printemps qui, contre toute attente, montrait enfin le bout de son nez.

Pleins d'enthousiasme, nous avons sorti le pic et la pelle et nous nous sommes mis au travail. Il fallait de la terre pour le jardin. Nous prîmes notre rôle de défricheurs très au sérieux: dessoucher, désherber, arracher les saules, extirper les aulnes. Un travail harassant! Nous trouvâmes une terre noire, humide, infiniment riche, parfaite pour les fèves, nulle pour les carottes, les pommes de terre et les oignons qui, comme chacun sait, préfèrent les terres sèches et sablonneuses. «De toute façon, les oignons m'ennuient», ai-je dit à qui de droit.

N'ayez crainte! je ne vous ferai pas le coup du journal intime, un été en Provence, le retour à la terre, le point de vue de l'oiseau, celui du pas de la porte, de la boîte aux lettres, des mouches domestiques, l'opinion des voisins, des nuages et de la bécassine ordinaire. Sachez seulement que de jardin en jardin nous sommes restés vingt ans. Qu'après la route rurale n° 3, il y eut le 5 d'Albertville et le 101, rue Desbiens. Que si d'une année à l'autre les champs de fraises se déplacent, nous, de notre côté, nous avons choisi de rester. À vrai dire, le temps a décidé pour nous. Le temps nous a abandonnés sur la grève comme des oursins morts. Le temps est une araignée et nous nous sommes pris au piège. Faits comme des rats.

Quant aux Marcoux, on peut voir leur photographie dans le livre du centenaire de Sayabec. Ils sont tous là: Patrice, Lorette, Alain, Marie-Berthe bien sûr, et Patricia la rouquine, et Lyne la blondine, et Renée la noiraude, sans compter Luc, Francis, Martin, Denis et Annie.

[33]

LE CONCERT

I l y a bal, ce soir, chez les fleurs...» Félix Leclerc. Les années cinquante. Une de ces inénarrables fables qu'il écrivait alors. À mon tour maintenant.

Il y a concert, ce soir, à Amqui. Une neige fine tombe sur la petite ville. L'air est doux, sonore, bruissant comme une fille. On entend claquer les portes à des kilomètres à la ronde. Étranglée par le froid, la neige et les glaces, la rivière s'essouffle; c'est à peine si elle laisse encore échapper quelques notes. Une bande de petits vauriens s'amuse sur la patinoire du parc Rostand: «Oué!» crie Nicolas, qui vient de marquer un but. Rue du Pont, les lampadaires répandent une lumière orange.

Elle est presque jolie, la rue du Pont, ce soir. Toute pleine de neige, avec des gens qui pelletent, des gens qui marchent, des gens qui courent, des gens qui vont s'acheter des cigarettes. Et Paule, avec son chien! D'ailleurs, tous les propriétaires de chiens étirent longuement leur promenade, ce soir. Rien que pour le plaisir de marcher dans la neige, d'entendre les camions traverser la ville de part en part dans un grand bruit de chaînes et de grincements d'essieux. Jeter un coup d'œil par les fenêtres allumées, entrevoir un homme qui lit son journal, des enfants qui font leurs devoirs,

[35]

des chaises berceuses qui se font aller devant les écrans de télévision.

Mais ce soir n'est pas un soir comme les autres. Ce soir, le souper était à peine terminé qu'on dégageait déjà les tables ; un dieu attentif aurait pu entendre l'eau qui giclait dans les lave-vaisselle, dans les baignoires qu'on remplissait à la hâte pour le bain des enfants. Ce soir, on a tôt fait d'éteindre le plafonnier de la cuisine pour ne laisser que la petite lumière du poêle, chargée de monter la garde pendant la soirée. Vers les onze heures, on verra sans doute intervenir quelques silhouettes en robe de chambre, des affamés qui se glisseront à l'intérieur des cuisines pour boire un verre de lait, avaler un muffin ou un bol de céréales. À cette heure, c'est dans les chambrettes qu'on s'affaire. Rue de la Fabrique, Jean enfile un veston de velours côtelé pendant que Michèle presse ses lèvres rouges l'une contre l'autre en se regardant dans un petit miroir collé sur la porte du réfrigérateur. En face, dans sa grande maison, monsieur le maire arpente sa garde-robe : «Qu'est-ce que je mets, Lison ?» finit-il par demander avec un peu d'impatience. «Dépêchetoi, on va être en retard !» dit Jean-Paul à Laurence qui placote au téléphone depuis plus d'une heure.

C'est qu'il y a concert, ce soir, à Amqui, voyez-vous... Michèle Richard viendra, bien sûr. Comment pourrait-il en être autrement ? Elle s'est occupée des Jeunesses musicales pendant des années. Lisette Morin sera accompagnée de sa mère et Nicole a réussi à convaincre Vincent. «Tu vas aimer ça, tu vas voir...» a-t-elle promis.

Deux arbres de Noël brillent sur la colline.

Le dentiste arrive bon premier, suivi de près par Thérèse et Noël Lessard. Thérèse est responsable de la chorale et Noël aime le saxophone. De son côté, mademoiselle Paquet de Sayabec a nolisé un autobus pour permettre aux membres du Club de l'Âge d'or d'assister au concert; quelques élèves de la polyvalente en profiteront également, des étudiants en musique pour la plupart. Quant à Lucette et Laurent, ils se sont présentés aux alentours de sept heures trente.

«Comment était la route? s'informe Jacques Gauvin.

— Glissante!» répond Laurent.

«J'espère que ça va être bon, dit Carole Tapp en présentant son billet. La dernière fois...»

Et le reste se perd dans le brouhaha, dans l'animation générale. À l'entrée de la salle, Louise St-Pierre distribue les programmes. «J'pense que tu vas aimer ça», dit-elle à l'un, à l'autre, à tout venant. Ah! comme Dina est jolie! Tout en sourires, en gentillesses, en compliments et politesses de toutes sortes. Elle se dépense beaucoup, Dina. Hommes et femmes sortent ragaillardis d'une conversation avec Dina. Une femme de pasteur! Imaginez! Même René Picard a droit à un sourire. Il vient tout juste d'arriver et jette un regard acerbe sur Carmelle, qui fume une dernière cigarette avant d'entrer. C'est un non-fumeur invétéré, René, un terroriste. Un ayatollah du tabac.

Les spectateurs pénètrent dans la salle en chuchotant; ils enlèvent leurs manteaux et tentent de s'installer confortablement, ce qui ne va pas de soi, évidemment. D'une rangée à l'autre, on s'interpelle: «Et comment va Marie?» «Mais vous êtes revenus! Est-ce que ça fait longtemps?» «Claude n'est pas là?» «As-tu des nouvelles de Lyne?»

Les lumières vont bientôt s'éteindre. À titre de présidente du comité culturel, Lise Lauzier viendra présenter les membres de son comité et le concert débutera avec cinq minutes de retard. Ofra Harnoy a mis sa belle robe de dentelle; les yeux fermés, elle joue de façon très convaincante, «avec beaucoup d'expressivité sur son visage», rapportera l'hebdomadaire local. Il semble cependant qu'en coulisses sa mère, qui l'accompagne partout où elle va, soit de fréquentation plus difficile. Quant au chœur des voix bulgares, il recevra une ovation monstre tout comme ce jeune et talentueux pianiste jouant Listz et Chopin du bout du cœur, pour le plus grand plaisir des têtes blanches, vieilles dames émues, plongées dans leurs souvenirs et dodelinant du chef.

À la fin, il y aura une ovation debout. «Ça ne veut plus rien dire, une ovation debout, à Amqui...» s'offusque un puriste.

Et chacun retourne chez soi, le cœur plein de notes.

Ah, la musique! On sort tout ragaillardi d'une conversation avec la musique.

COMMENT
ON SE DÉBARRASSE
DE SES ENNEMIS
TOUT EN VENANT
EN AIDE À UN NEVEU
QUI COMMENCE

L a chatte, d'abord! Nicolas l'avait ramenée de chez son copain Israël un après-midi d'automne. Elle venait à peine de naître, quelques heures, quelques jours, mais déjà on voyait qu'elle n'arriverait jamais à se tailler une place dans la vie. Sa mère la repoussait, sœurs et frères l'ignoraient parfaitement et le propriétaire de la grange en avait plus que sa part, de chats. «Il y a plus de chats que de souris, ici!» a-t-il lancé d'une voix tonitruante. Imaginez la suite si nous n'étions pas intervenus.

Pauvre petite chatte! Elle était blanche et noire, comme un domino, avec un triangle équilatéral nettement dessiné sous le museau. Une sorte d'énigme... Un pierrot songeur! Elle nous a plu tout de suite. Je l'ai appelée Marquise, mais Benoit s'est empressé de changer son nom pour Minounuit, «ce qui lui convient bien davantage», a-t-il dit. Quelques semaines plus tard, la voisine s'en est emparée en l'appelant «La Minoune».

Nous l'avons laissée faire. Par gentillesse ou grandeur d'âme, qui sait? Peut-être aussi à cause d'une certaine paresse qui sévit chez nous à l'automne, un laisser-aller général qui touche tant les meubles que les enfants; même les visiteurs succombent. Ils n'en meurent pas tous, mais tous en sont atteints; aussi finissent-ils par nous abandonner, les uns autant que les autres, les bons, les gentils, les tristes, les désuets, les frelatés; c'est la vie, je suppose.

Mais la vie n'est pas notre propos ici. Nous parlions de la chatte, je crois, que la voisine s'est appropriée en novembre 1984. Quelques années plus tard, malade au point de devoir être hospitalisée, la voisine nous a ramené La Minoune en disant: «Occupez-vous-en donc un peu!»

Ensuite, la chienne! C'est la plus belle, la plus intelligente, la plus douce, la plus fine, gentille et sensible chienne du monde. Mais comme toute bonne chose a une fin, c'est aussi la plus hypocrite. Elle a d'abord fait semblant d'adopter la chatte, comme si ça allait de soi, une chatte de plus dans la maison. C'est à peine si elle a haussé une paupière ironique en la voyant circuler d'une pièce à l'autre, se glisser sous le divan ou miauler devant Benoit pour obtenir sa pitance. Mais dès que nous avons eu le dos tourné, elle s'est mise à lui faire des mines si féroces que la pauvre petite s'est enfermée dans la garde-robe, d'où elle n'est sortie qu'au beau milieu de la nuit, alors que la lune n'était pas encore levée et que l'obscurité pesait sur un monde de misère. À ce moment-là, naturellement, nous étions tous profondément endormis. Le sommeil du juste! Nous avons toujours eu bonne conscience, nous sommes des gens très respectables. «Ils ne feraient pas de mal à une mouche, les Dupont!» disent ceux qui nous connaissent.

Bref, quand La Minoune a voulu nous rejoindre pour se lover dans nos draps, la chienne, babines retroussées, gueule menaçante, s'est jetée sur elle en grognant méchamment. Affolée, la pauvre petite s'est réfugiée sur la commode avant d'aller atterrir sur la table de chevet. Le réveil est tombé, les vêtements ont glissé par terre, la lampe s'est renversée. Il y eut des sifflements aigus, un jappement féroce. Plus morte que vive, la chatte se rua sur moi et me griffa sauvagement à la joue. Je me réveillai en sursaut. Le sang coulait. Pas à flots, pas à pleins ruisseaux, mais il coulait tout de même. J'ai toujours eu peur du sang qui coule. J'ai poussé un tel cri de terreur que Benoit, qui dort toujours avec des boules dans les oreilles, s'est réveillé à son tour, une lueur de panique dans le regard. Persuadé qu'un malfaiteur avait réussi à s'introduire dans la maison, il se leva d'un bond et sortit son fusil de l'armoire: un vieux douze qui lui servait à chasser les corneilles dans les dépotoirs et les perdrix, à l'automne. N'écoutant que son courage, il se dirigea vers la porte d'entrée. J'ai entendu le déclic du chargeur dans le noir. Benoit avançait lentement — un tigre aux aguets — lorsqu'il buta sur l'équipement de hockey que Nicolas avait laissé à la traîne dans le vestibule. Je lui avais pourtant dit de ramasser ses affaires, mais on dirait parfois qu'on parle aux murs tellement les enfants ne nous écoutent pas. Le coup est parti, la balle est passée par le trou de la serrure. Comme ça! Psitt! Elle s'en est allée siffler à l'oreille d'un passant, un homme d'un certain âge qui rentrait chez lui. À la mau-

[41]

vaise place, au mauvais moment, comme on dit. Le pauvre! Il crut à un coup fourré, un guet-apens. Que dis-je un guet-apens... une tentative d'homicide involontaire, un meurtre, un attentat même! Et ce fut à son tour de s'affoler.

Il se mit à courir en direction du poste de police où il arriva complètement exténué; haletant, le souffle court, il s'empressa de déballer toute l'histoire, non sans bafouiller et rouler de grands yeux exorbités. Un tireur fou, a-t-il raconté, s'est embusqué dans une maison de la rue des Néfliers; il tient toute une famille en otage et tire sur tout ce qui bouge, les feuilles dans les arbres, les nuages dans le ciel, les passants qui passent. C'est ainsi qu'il avait failli être assassiné lui-même, «Imaginez, monsieur l'agent», un brave citoyen comme lui, revenant paisiblement d'un domicile non conjugal, à une heure tardive soit, mais tout à fait raisonnable quand même.

Les agents Leduc et Arsenault lui firent signer sa déclaration et avisèrent entre eux de ce qu'il convenait de faire. Cela dura quelque temps et davantage. L'affaire était grave. Ils durent finalement se résoudre à convoquer l'escouade antiémeute. «De toute urgence», dirent-ils.

Elle ne se laissa pas tirer l'oreille, l'escouade! Le moins que l'on puisse dire, c'est qu'elle fit diligence. Rue des Néfliers, nous vîmes bientôt arriver une bonne vingtaine d'agents chaudement vêtus, bardés d'acier et de grenades, colt au poing, carabine à l'épaule. Saccageant les plates-bandes, abattant les érables, ils eurent tôt fait d'encercler par erreur la maison de notre voisin que nous n'aimions guère et qui nous le rendait bien. Ils le sommèrent de se rendre avec toute sa famille. «Les bras en l'air», dirent-ils. Les pourparlers ameutèrent tout le quartier; on vit bientôt arriver Elsa Triolet, la femme du pharmacien, en déshabillé de satin blanc. Et puis le maire avec les pompiers. Le curé n'est pas venu, lui aussi dort avec des boules dans les oreilles. «C'est pour ne pas entendre les cloches», a-t-il coutume de dire aux marguilliers qui s'étonnent. J'étais un peu inquiète. Benoit aussi. Nous sentions bien qu'à l'intérieur de sa maison notre voisin, qui n'avait jamais eu l'intelligence très vive, n'arrivait pas à comprendre ce qui se passait autour de lui. Il crut que la fin du monde était arrivée, qu'il pleuvait des araignées, que la ville était mise à sac par des extraterrestres. «Habille les enfants», dit-il à sa femme qui gémissait dans un coin. Mais lorsqu'il aperçut une bande de vauriens juchés sur sa clôture fraîchement repeinte, lorsqu'un jeune garçon laissa tomber sa bicyclette dans l'herbe fraîchement coupée, il se dit que l'affaire était sérieuse, qu'on voulait sans doute lui voler sa fille, fraîchement émoulue des meilleurs collèges, ou bien sa femme, autrefois si fraîche, peut-être même sa souffleuse à neige, on ne sait jamais, les gens sont si méchants. Il eut peur pour son chien qui souffrait d'une maladie de cœur. Bien déterminé à ne pas se laisser abattre, il ouvrit bravement sa porte. Les policiers crurent à une attaque en règle et s'empressèrent de tirer.

L'enquête du coroner a conclu qu'il était mort sur le coup, qu'il n'avait pas souffert. La veuve a voulu intenter des poursuites, mais elle ne faisait pas le poids devant les autorités municipales, qui s'étaient liguées avec le chef de la police. «C'est David et Goliath!» nous

ENTRACTE

É coutez! Si vous alliez faire un tour, maintenant! Il fait un temps magnifique. Le printemps n'a jamais été aussi doux. *Participe-Action*: y a que ça, vraiment! Sans compter qu'il y a bougrement longtemps que vous êtes là, assis dans ce fauteuil, à lire, sans bouger, une momie dans son sarcophage. C'est mauvais pour vos yeux! Et puis le soir tombe. Vous devriez allumer la lampe. Ouvrir la télévision. Y a peut-être un bon film, qui sait? Vous n'auriez pas une petite soif à étancher? Je gage que vous tombez de sommeil en plus. Non? Voilà bien ma chance.

En fait, ce que j'essaie de vous dire, c'est qu'il vaudrait peut-être mieux pour moi que vous ne lisiez pas ce livre de but en blanc, comme ça! Revenez demain! C'est que ça devient lassant, à la longue, toutes ces histoires... Celles qui suivent ne sont pas dénuées d'intérêt, mais bon, enfin... «Il ne se passe pas grand-chose dans tes livres», m'ont dit les enfants. «Développement lent», constatait une «admiratrice». Curieux tout de même! Moi, quand le soleil se lève, j'ai le sentiment qu'il se passe quelque chose. Enfin...

Naturellement, ce n'est qu'une simple suggestion, vous n'êtes pas obligé d'en tenir compte, loin de là. À l'impossible nul n'est tenu.

FRANCIS

Il était âgé de onze ou douze ans et s'était pris d'admiration pour Benoit, ce roi chasseur. Tous les soirs, au moment de nous lever de table, le souper terminé, nous le voyions tout à coup apparaître, comme à cheval sur sa trop petite bicyclette. Trop timide pour oser frapper à la porte, il se contentait généralement de tourner en rond dans la cour en sifflotant: et tourne et tourne, et siffle et siffle, jusqu'à ce que Benoit se décide enfin à sortir et que, la brunante aidant, ils se livrent tous deux à une de ces conversations viriles et passionnées qu'il affectionne tant, lui, Francis, onze ans et demi, qui serait trappeur, chasseur et pêcheur, un jour.

Je n'écoute pas aux portes. Connaissant l'un et l'autre, je sais cependant que cette conversation portera sur une certaine chasse au chevreuil dans le Maine. On y parlera d'ours, d'orignal, de coyote et de caribou. L'un des deux comparses ramènera sur le tapis cette histoire abracadabrante d'un saumon de neuf kilos capturé avec une mouche à truite. C'est une histoire qui commence toujours de la même manière: «J'l'avais repéré en entrant dans la rivière.» Ensuite, on abordera la délicate question des lignes de trappe en bordure de la réserve Matane. Puis il commencera à faire froid et Benoit invitera Francis à entrer, mais celui-ci déclinera poliment l'invitation et s'en retournera chez lui en sifflotant, sur sa trop petite bicyclette. Dans sa tête, des chevreuils bondissent par milliers tandis qu'un renard roux, la queue basse, longe peureusement la lisière du bois qui se dresse à l'abri de ses paupières.

Bonne nuit, Francis!

UN TOUT PETIT MONDE

Sur les murs de la caisse populaire, on peut voir une photographie aérienne de la petite ville. Avec l'église, la rivière et la rue principale qui enjambe la rivière pour se rendre à la messe du dimanche. Des maisons, des magasins, un feu de circulation et un îlot de verdure à l'extrême gauche. C'est dans cet îlot que j'ai acheté une maison, il y a plusieurs années de cela. Une maison invisible pour les anges, les nuages et les photographes qui volent dans des hélicoptères. Une maison qui se terre peureusement sous un orme, trois érables et un bouleau. Un maigre sapin dévoré par la tordeuse, un cèdre à deux troncs, quatre lilas, un buisson d'hortensias, un pin rouge et un vieux saule sur lequel les enfants ont construit une plate-forme avec des planches posées tout de travers et des clous qui dépassent.

La maison est entourée d'une grille basse en fer forgé, passablement abîmée par endroits, à cause de l'entrepreneur en déneigement qui ne regarde jamais où il met les roues. L'ancien propriétaire avait eu la prévenance d'installer un jeune réverbère pour monter la garde. Il y a belle lurette que l'ampoule s'est éteinte, mais on peut toujours y lire le numéro civique de la maison: trois millions quatre cent vingt-deux mille sept cent trente-huit. Difficile de nous manquer! Des sentiers recouverts de pierres des champs s'efforcent tant bien que mal de régler la circulation, mais cela ne rime à rien. Nos enfants ont l'âme rebelle! Les bicyclettes bloquent le passage, le chien creuse des trous. Il y a toujours quelque chose qui traîne: un tuyau d'arrosage, une pelle, un tabouret, des repousses d'érables qu'il faut arracher avant que les racines n'ébranlent les fondations. Autrefois, jadis, enfin l'année dernière, on trouvait encore de la ciboulette dans un coin, et quelques touffes d'asperges. Une espèce, rarissime, de petite renoncule, et puis des mauves, des immortelles. Aujourd'hui, bon nombre de spécimens ont disparu ou sont en voie d'extinction; le monde s'amoindrit. Pour bleuir nos printemps, ne restent que des violettes et le myosotis qui s'entête à pousser à l'ombre de l'ancien cerisier.

Ah! ma petite maison, si joliment délabrée sous un lierre qui s'assombrit lorsque le printemps échappe ses rouges fleurs d'érable, comme autant de pièces à conviction qui témoignent du fruit à qui il pousse des ailes, là-haut, sur la branche. «Volez, volez mes samares!» dira le vent d'août en disséminant les graines. Des araignées de toutes espèces, issues de cocons laineux, tissent patiemment leurs toiles dans les poulies de la corde à linge, s'évanouissent entre les pierres. Leur silence est une armure... La girouette pleure au vent mauvais, la chatte rase les murs. Peureuse comme un lièvre, cette chatte. Il y a de quoi: fourmis volantes, coccinelles et ronds de sorcières, tout y est! De quoi nourrir l'imaginaire.

Non loin d'une clôture pourrie — Dieu merci, elle ne nous appartient pas —, une vieille souche mangée par les vers témoigne d'une autre époque. L'arbre devait être énorme! Je me suis laissé dire qu'on l'avait coupé parce qu'il portait ombrage aux voisins. Je n'ai pas connu l'arbre, mais je connais bien les voisins qui me portent ombrage. Ils passent leurs hivers à entasser la neige sous mes fenêtres, leurs étés étendus dans des chaises longues, à se faire griller comme des toasts. Érigent des barricades, font des marches en famille. Suspendent des petites culottes roses sur des cordes à linge bleues. La liste de leurs méfaits s'allonge ainsi de jour en jour. Ça croasse autour de nous... Et pour cause : la maison est située sous le corridor migratoire de la corneille d'Amérique. Les soirs de septembre, des bandes criardes, longues de trois kilomètres et demi, traversent notre espace aérien. Sans permission d'aucune sorte. «Vous n'avez pas le droit de passage», leur dis-je. Mais elles n'en ont cure. Ici, personne ne nous écoute jamais. La cheminée est tombée, les étourneaux nichent dans l'entretoit. Nous aurions préféré des merles, des hirondelles, de tristes tourterelles, mais ce ne sont que des étourneaux. Pas de quoi écrire un livre !

Il ne s'agit d'ailleurs que d'une toute petite maison sous les arbres, qui ressemble à celle de la mère-grand dans l'histoire du Petit Chaperon rouge, c'est à s'y méprendre.

N'empêche ! Il s'y produit deux très grands miracles : l'un aux toutes premières avances du printemps, quand le bouleau pleure, quand sourd une larme de chacune de ses branches et que le soleil y brille. «Un arbre de cristal, nous avons un arbre de cristal !» s'est exclamé Nicolas. Hélas ! les appareils photo n'arrivent jamais à immortaliser les miracles. À ma grande honte, je dois même avouer qu'il y eut des années où le tout s'est déroulé à notre insu, sans que nous ne nous en rendions compte, soit que l'arbre ait pleuré un jour de pluie et quelques larmes de plus n'ont pas fait la diffé-

manence; leurs battements de cœur troublent le silence, la nuit. Heureusement pour nous, la rivière se contente de venir lécher le muret de pierre qui borde le terrain. «Pas question d'inonder la table de ping-pong ni de détremper les ordinateurs! dit-elle. Ce serait une véritable catastrophe pour eux! Ces braves gens ne méritent pas cela!» La rivière est notre meilleure voisine. Les maisons s'y reflètent, la sagittaire y pousse, les enfants y jettent des pierres; jusqu'aux camions de la ville qui déversent leurs neiges salées dans son lit. Les hommes viennent y pêcher de petits poissons pendant que les femmes les regardent et les admirent. C'est comme ça, les femmes! Elles ont l'admiration facile.

Hélas! la modernité gronde autour de ma petite maison. Étages, pignons, escaliers, terrains de stationnement, livreurs de pizza, ambulances et croque-morts l'enserrent comme un étau. Partout on pioche, on creuse, on coule du ciment, on dresse des murs. L'asphalte s'étend comme une coulée de lave. On parle même de fermer la cour arrière: un raccourci qui permet aux petites gens d'accéder rapidement à l'église, à la salle de l'Âge d'or et au dépanneur. Plutôt fréquentée, cette cour. À tel point que les passants ont fini par avoir raison de la pelouse et que j'ai dû tracer un nouveau sentier pour emprisonner leurs pas. Je l'ai garni de pierres concassées. C'est plus pratique! Non que je sois d'une si grande magnanimité, mais j'espérais ainsi restreindre leurs allées et venues, empêcher certains d'envahir les plates-bandes, d'autres de tenir des conciliabules sous mes fenêtres. J'envisage parfois d'y bâtir une pergola, d'y mettre un banc de pierre sur lequel les vieux pourraient se reposer un instant en revenant de l'église, histoire d'échanger quelques mots, leurs impressions, notamment sur ma grande mansuétude qui leur permet de circuler librement dans les parages, à l'abri des grands vents du nord.

En attendant, je dois bien admettre qu'habiter ainsi une sorte d'autoroute piétonnière m'aide à rester en contact avec mes contemporains. «Quel beau panorama humain ai-je là», me dis-je parfois. J'ai d'ailleurs fait installer une sorte de cage vitrée à l'arrière de la maison, une niche transparente qui me donne une vue imprenable sur les errances quotidiennes de monsieur Napoléon et de tous les autres. Je l'ai garnie de stores verticaux, j'y ai mis un fauteuil confortable sur lequel je m'assieds en toute immunité pour regarder les gens passer. «Sur la place, chacun passe, chacun vient, chacun va.» Il y a d'abord l'instigateur, celui qui est venu me rencontrer un jour au nom de tous les autres pour me demander la permission de circuler librement chez moi. (J'allais dire: sur ma propriété. Comme c'est laid!) Monsieur Migneault emprunte ce raccourci plusieurs fois par jour. Pour aller à l'église, pour faire ses commissions. C'est d'ailleurs lui qui en assume l'entretien hivernal, qui veille à ce que le sentier reste accessible à toute cette faune qui le fréquente. Monsieur Migneault a quatre-vingt-seize ans bien sonnés qu'il porte avec courage et une vieille paire de bottes en loup-marin. Il passe, repasse, parfois avec une pioche à l'épaule, parfois avec un sac d'épicerie, parfois avec sa femme qu'il tient par la main. Quand il passe, monsieur Migneault lève son chapeau, me salue poliment et nous échangeons quelques mots sur le temps qu'il fait. «Un monsieur», dirait ma mère.

Ce n'est pas le cas de tout le monde. Bien qu'il déteste mon chien et mes enfants, Napoléon Girouard ne se prive pas de piétiner mes plates-bandes et je me trouve bien bonne de lui laisser la voie libre. Quant à madame Lavoie, l'infirmière, elle traîne de lourds sacs pleins de bouteilles de bière et de solitude en boîte. Nicolas est fermement convaincu qu'elle a soudoyé notre petite chatte noire et blanche à coup de sardines en conserve. L'automne venu, elle balaie nos feuilles, en fait un gros tas dans le coin de la cour, que nous ne ramassons pas et que le vent emporte.

Assise bien au chaud dans ma cage de verre, je vois venir les enfants cabriolant dans leurs habits du dimanche. Ils nous saluent, gênés, parce que nous n'allons pas à la messe et que nos enfants n'ont pas d'habits du dimanche. Les petites sœurs d'Étienne vont s'acheter des bonbons au dépanneur ; elles viennent me vendre des tablettes de chocolat pour financer leurs activités scolaires. J'achète. Comment faire autrement ? Elles sont si douces et si jolies. Andréane, cinq ans, va chercher son ami Guillaume, six ans, qu'elle n'aime pas vraiment, « mais je suis bien obligée de jouer avec puisqu'il n'y a personne d'autre », explique-t-elle. Tous les enfants du quartier sont venus se pendre, un jour ou l'autre, aux anneaux du vieux saule ; certains profitent même de ma négligence — de mon indulgence excessive, commente Nicolas, jaloux — pour venir fouiller dans le garde-manger ou chiper les paquets de gomme qui traînent toujours sur le comptoir depuis que j'ai cessé de fumer. C'est chez nous que les enfants de l'école Saint-Ours ramassent les belles feuilles d'automne rouges et dorées que la maîtresse demande de faire sécher entre les pages du dictionnaire. C'est aussi chez nous que les Italiens du deuxième (des enfants plein les bras), qui n'ont pas de chaises de parterre, viennent humer l'air doux, les soirs d'été. Nous les perdrons de vue lorsqu'ils auront acheté la plus grosse maison de la ville, avec un escalier qui monte pendant plusieurs années avant d'atteindre la porte d'entrée. Ils seront remplacés par un cordonnier et une cordonnière, une danseuse et un danseur, un policier et sa policière.

Tous les matins, à huit heures, le directeur de la commission scolaire passe tranquillement dans mon petit chemin, avec ses beaux habits, son sourire engageant et sa politesse. Quand il ne nous voit pas dans les parages, il jette un regard sans aménité sur notre belle Golden qui jappe des yeux en le voyant passer. Il est si beau, si affable! Le dimanche, c'est toute sa famille qui défile, les uns à la suite des autres, la grand-mère en dernier: «Le chien est-tu dehors?» s'inquiète-t-elle. C'est une famille bien habillée, j'en suis très fière, mais la situation n'est pas du tout la même en ce qui concerne cette pauvre femme qui passait plusieurs fois par jour, à une certaine époque: porte-monnaie dans la main, gros seins, bras nus, pantalons à pattes d'éléphant. «Ailleurs la pauvreté, la tristesse et les déshérités de la vie!» pensais-je alors, bien à l'abri dans mon repaire. Je souffrais du syndrome *Pas dans ma cour*. Il faut me comprendre! La vie n'est pas toujours rose: des bandits de petits chemins ont fait leur apparition ces dernières années. Heureusement qu'il me reste cette image si plaisante de deux vieilles amies qui portent des manteaux de fourrure en hiver, se tiennent par le bras et marchent de connivence. J'aimerais bien être une vieille amie, un jour, et marcher ainsi dans le bon entendement. Seigneur! j'allais l'oublier! L'agronome! Un dénommé Laverdure. Réglé comme un métronome, il passe tous les samedis soir pour aller à la messe et ne manque jamais de faire des fêtes à mon chien.

À voir la ville entière défiler ainsi dans mon petit chemin, je songe au temps qui passe. Aux espoirs flétris de Ginette, à Martin qui s'acharne d'optimisme, «pauvre Martin, pauvre misère». Je pense à ceux qui ne passeront plus demain, aux enfants qui grandissent, et je deviens un tout petit peu philosophe. «On n'est pas grand-chose, dans le fond!» me dis-je.

MATHIEU

L'été. Comme c'est beau, l'été! Le soleil, la douceur du vent, les après-midi qui n'en finissent plus. Toutes fenêtres ouvertes, je vais et je viens paresseusement à l'intérieur de la maison. Mes enfants chéris ont passé la journée dans l'eau. Ils ont lancé des balles sur le mur, échappé des verres de jus, mangé un plein casseau de fraises. Ils sont fatigués maintenant. Patient et obstiné comme une araignée, Vincent tend des fils entre les chaises de parterre, les barreaux de la galerie et la table de pique-nique. Comme une araignée, il travaille en silence. De son obstination naissent des toiles géantes, des échafaudages à la fois étonnants et mystérieux. Au plus profond de son cœur, Vincent croit fermement que je n'y verrai que du feu, que je me laisserai prendre vivante, que je m'étendrai de tout mon long et que je lui dirai: «Toi, mon petit monstre, par exemple, attends un peu que je t'attrape...» Tout au plaisir anticipé de la poursuite, il sourit déjà. Pendant ce temps, roulé en boule sur son sac de couchage à motifs de bateaux bleus, blancs, rouges, Nicolas somnole. Il rêve, il rêve qu'il est ce petit nuage blanc qui parade au-dessus de nos têtes, il rêve qu'il est un brin d'herbe et qu'un gros méchant lapin s'en vient pour brouter. Affolé, il ouvre les yeux et se retrouve couché dans la tiédeur du jour, comme une chenille. Et il s'étonne.

L'été. Comme c'est beau, l'été! La table est recouverte d'une nappe fleurie, le trèfle répand son miel jusque dans les chambres. De grosses mouches bourdonnent autour des portes d'armoire, butinent les plafonds, sirotent les murs avant d'aller s'éteindre sur le ruban gluant qui pend au-dessus du réfrigérateur et qu'on change deux ou trois fois par jour. Tout en rinçant les pommes de terre, je jette un coup d'œil par la fenêtre au-dessus de l'évier. Il y a toujours une fenêtre au-dessus des éviers de cuisine. Pour que la femme puisse surveiller les enfants qui jouent dehors. Dans leur cellule, les prisonniers ont également droit à une petite fenêtre pour voir le ciel. J'aime regarder par la fenêtre au-dessus de l'évier. J'y vois la route, une pauvre route de campagne ne menant nulle part, avec des maisons voisines et des montagnes, au loin. Les voitures sont plutôt rares dans ce petit coin perdu. Qui plus est, elles roulent vite, soulevant des nuages de poussière. On les voit venir de loin, comme une caravane dans le désert. La plupart du temps, d'ailleurs, elles se déplacent en convoi, comme une caravane dans le désert. Elles viennent assister à un repas de noces, à une cérémonie quelconque qui se déroule au bout du rang, dans un petit hôtel de campagne, au bord d'un lac à sangsues.

Mais, qu'est-ce qui se passe tout à coup? Voici qu'une grosse automobile noire avec du chrome partout s'avance lentement sur la route, comme dans un mauvais film. Halte! Qui va là? Nous ne sommes pas samedi, que diable! Aucun convoi à l'horizon. Pas la moindre banderole, pas de casseroles menant un train d'enfer à l'arrière d'une voiture de mariés... Intriguée, vaguement inquiète, je soulève un peu le rideau et me hisse sur la pointe des pieds pour mieux voir. Je ne connais rien aux voitures. C'est à peine si j'arrive à me rappeler cette bonne vieille Studebaker qui faisait le bonheur de mon père à la fin des années cinquante. En revanche, je connais parfaitement la personne qui est au volant de cette grosse automobile américaine avec du chrome partout. C'est ma voisine. Une brave mère de famille. Une femme respectable. Je me dis: «Tiens! La voisine! Mais qu'est-ce qu'elle fait là?» Assise au volant de sa voiture, la voisine sourit gauchement. «Elle rit jaune», dirait ma mère. De plus en plus intriguée, je découvre avec stupéfaction qu'en avant de la voiture, au beau milieu de la route, il y a un petit garçon qui marche. Il est tout rouge; un mélange de honte, de soleil et de défi. Il marche croche, il s'efforce d'aller plus vite; la voiture lui talonne les fesses.

Je ne connais rien aux voitures, mais je connais bien cet enfant. Il n'a pas dix ans. Les services sociaux l'ont mis en pension chez la voisine. Il y est perpétuellement en butte aux rebuffades. «Il s'était encore sauvé. Il fallait bien que je le corrige», expliquera plus tard la voisine.

LA PROPRETÉ
DANS LA VILLE

Mercredi, 11 septembre 1996, la voisine étend son linge. Cela fait trois jours d'affilée qu'elle étend ainsi, vaillamment, sans discontinuer, sans qu'une seule plainte ne s'échappe de ses lèvres minces. La voisine a cent ans et porte sur elle toutes les saletés du monde. Deux ou trois paniers vides, hors d'usage, plastique déchiqueté, paille qui s'effrite, s'entassent dans un coin de la cour à côté d'un vieux skidoo. La voisine a des épingles plein la bouche. Son torse, ses épaules, ses bras disparaissent presque entièrement sous un amoncellement de linges humides qui lui pendent jusqu'en bas des reins ; on dirait une poupée de chiffon. Des petites mèches rebelles frisottent derrière ses oreilles ; la grosse boucle rose qui retient ses faux cheveux blonds est toute détrempée. Mal essorées, les serviettes dégouttent, creusent un sillon, un étang, une rivière ; c'est tout le quartier qui risque d'être inondé. La voisine ne s'arrête pas pour autant. «On n'arrête pas le progrès», dit-elle.

C'est à peine si elle se permet de grignoter quelques radis, une pomme ou un morceau de fromage une fois de temps en temps, à l'heure du lunch ; à peine si elle s'offre le luxe d'un dix minutes de repos, au beau milieu de la nuit, pour contempler les étoiles.

La voisine étend son linge. Cela fait trois jours d'affilée qu'elle étend ainsi, vaillamment, sans discontinuer. Depuis hier, toutefois, une douleur sourde au bas du dos lui rend la tâche plus difficile; ses mains, ses bras s'engourdissent, elle devient nerveuse, irritable, s'emporte volontiers contre l'un, contre l'autre. La famille fait de son mieux, pourtant! Les garçons salissent le linge sans sourciller, la cadette emplit soigneusement la machine; c'est la grand-mère qui répand la poudre, règle le niveau d'eau et appuie sur le bouton. L'aînée plie le linge propre et on s'est finalement résolu à engager des étudiants pour porter les paniers dans la cour. Quant au mari, il rivalise d'astuces pour résoudre l'épineux problème du séchage. Des cordes ont été tendues d'un arbre à l'autre, d'une cheminée à l'autre, d'un océan à l'autre; le quartier est bouclé, la ville quadrillée, on dirait Auschwitz, ma parole! Clôtures et chaises de parterre ont toutes été réquisitionnées. L'affaire a pris de telles proportions que la compagnie de téléphone a dû intervenir pour éviter qu'on ne surcharge les lignes. Hélas! les cordes s'emmêlent, les séchoirs s'effondrent, il faut sans cesse recommencer, tout reprendre à neuf.

Heureusement, la voisine ne se laisse pas facilement abattre. Sur le toit de la remise, un assortiment de robes de nuit n'en finit plus de sécher. «Tout vient à point à qui sait attendre», dit-elle. Les draps pendent aux fenêtres, la haie de chèvrefeuille ressemble à un bazar russe. De mémoire d'homme, on n'a jamais vu une chose pareille. Les gens affluent de toutes parts. Certains ont pris sur eux d'apporter leur lessive; on les voit venir de loin, ceux-là! Leur linge de corps dans un sac de plastique vert, ils font la queue sur le trottoir. En ville, on raconte que la maison d'à côté sera bientôt démolie pour faire place aux ballots de linge; certains craignent les avalanches. La colère gronde. Pas plus tard qu'hier, un jeune enfant a été retrouvé sans vie sous une pile de vêtements. Les parents réclament une commission d'enquête. Loin d'agir, la municipalité a mis sur pied une fondation en vue d'acheter de nouvelles machines. Conçue pour un usage familial, celle de la voisine ne suffit plus à la tâche. En ville, on raconte que les filles n'arrivent plus à fermer l'œil, qu'elles ont de plus en plus terne, d'ailleurs, les pauvres petites! N'empêche! L'honneur est sauf! On aurait beau chercher, remuer la terre, mettre tout sens dessus dessous, on n'arriverait pas à trouver un seul morceau de linge sale dans toute la ville. Jupes, robes, chemisiers, blousons, culottes, jeans, tee-shirts, caleçons, chaussettes, vêtements de corps ou de nuit, linges de table, draps et taies d'oreiller, couvertures, douillettes, serviettes de bain, gants de toilette, nappes et napperons ont envahi les collines, le ciel, les pylônes, les lignes de haute tension et les épinettes noires. À l'Assemblée nationale, on parle de harnacher les nuages. «Une étude est en cours», confirme le ministre de l'Environnement.

La voisine étend son linge. Cela fait trois jours d'affilée qu'elle étend ainsi, vaillamment, sans discontinuer. Se penche, attrape une pièce de tissu, la suspend, se penche de nouveau; frénétique, s'attaque cette fois à une chemise de nuit qu'elle accroche perfidement à une toile d'araignée. Augmente la cadence, mobilise les étoiles. C'est qu'elle n'y va pas de main-morte, la voisine! En ville, on raconte que la machine s'est emballée, qu'elle ne pourra plus jamais s'arrêter: les poulies grincent, les chiens jappent.

Pragmatique, un entrepreneur du coin vient de mettre sur le marché un automate représentant la voisine en train d'étendre son linge. La maison Parquer & Brothers s'est procuré le brevet et offre des franchises à tout venant. Avec le résultat que la voisine est en vente partout, à prix abordable. Quant aux produits dérivés — bijoux, poteries, vêtements et pâtisseries — ils s'arrachent à prix d'or. «Une réussite commerciale sans précédent» annonçait-on hier, aux nouvelles locales. Sans compter que toute une génération d'artistes a fait de la voisine sa muse, une source d'inspiration, un idéal plastique. Cubistes, postimpressionnistes ou hyperréalistes, des milliers de voisines sont désormais accrochées aux cimaises de tous les musées du monde, jusqu'à ce que mort s'ensuive, semble-t-il. En ville, on raconte que le cinéaste Georges Lukas s'est porté acquéreur des droits cinématographiques. C'est Marina Orsini qui jouera le rôle de la voisine. «Un personnage magnifique, plus grand que nature, extrêmement émouvant. Je suis si heureuse!» dit-elle.

En ville, on raconte que le petit homme qui sciait du bois dans la lune a dû céder sa place à la voisine.

Les troupeaux sont décimés.

Un homme s'est enlevé la vie après avoir assassiné toute sa famille.

La voisine étend son linge.

PARFOIS,
JE ME LÈVE À L'EST

Parfois, je me lève à l'est, à des heures de petites vies pâles et laborieuses, sans étoile, sans rien. J'enfile un chandail, des pantalons molletonnés, des gants de cuir noir, et j'ajuste mon casque en prenant garde de ne pas réveiller le chien. J'ouvre ensuite la porte de la maison et je plonge, résolument, dans l'aube froide qui baigne la ville. Le jappement d'un chien au loin qui déchire les îles, un corbeau qui croasse dans le bois des sœurs, tout m'affecte. Je frissonne de froid, de peur, de solitude. Les rues sont désertes. Enfin, presque... car sur une galerie de bois, au premier étage d'une maison blanche, une grosse femme rouge se berce en cadence et ses deux bras reposent lourdement sur les accoudoirs de sa chaise. Elle porte une robe de coton fleurie, à manches courtes, et ce qu'il reste encore de nuit sur Terre l'enveloppe, comme un manteau. «Drôle d'heure pour se bercer!» diraient les gens s'ils la voyaient. Mais personne ne la voit jamais, car tous dorment en paix, et le chant des oiseaux pénètre par les fenêtres ouvertes.

Je sais que cette femme s'appelle Rita et qu'elle aime se bercer ainsi sur la galerie. Habituellement, je la salue d'un léger signe de tête et elle me répond en soulevant un peu sa main droite. Je me suis toujours montrée gentille à son égard et je crois qu'elle m'en savait gré, jusqu'ici du moins, remerciant d'un mot, d'un sourire vague, d'un battement de paupières.

Ce matin, cependant, nous échangeons elle et moi des regards stupéfaits : moi, de la surprendre, elle, de s'être laissée surprendre, en pleine détresse, dans sa chair large et granuleuse. Elle qui se croyait en sécurité, à l'abri des regards et de la pitié qui l'accompagnent tout au long du jour, dans tous ses essoufflements et débordements, lorsqu'elle va au bureau de poste ou qu'elle tient boutique pour son mari. La gêne m'envahit, la confusion se lit sur son visage. «Je n'aurais jamais dû passer par ici», me dis-je. La compassion, ça tache! Voilà que son regard me poursuit maintenant, un air inquiet accroché au porte-bagages.

Je roule, je roule. Les rues s'allongent à toute vitesse. Le train jette une voyageuse sur le quai de la gare. Elle est chichement vêtue d'un pantalon noir et d'un blouson en denim délavé; elle porte un petit sac de toile verte à l'épaule et elle hésite; se dirige d'abord vers la gauche, rebrousse chemin. Elle rêve sans doute d'un bon café. «Manger des toasts, me peigner, me brosser les dents», se dit-elle en s'engouffrant dans une impasse. L'*Hôtel Amqui* annonce des danseuses nues. «Ma vie est monotone. Je chasse les poules, les hommes me chassent», disait le renard. «Je cours le monde, les hommes me courent», dit la jeune femme. Un poids lourd fait vibrer le pont, quelqu'un me lance un regard dont il ne savait que faire. Dans une petite rue résidentielle, un travailleur pose sa boîte à lunch sur la banquette et fait tourner le moteur de son pick-up. Un homme élégant va porter ses poubelles sur le bord de la rue, un autre relève sa porte de garage. Rasé de frais, un voyageur de commerce sort du motel *Au bon repos*. Une bouteille de bière cassée, une marmotte écrasée ; des hirondelles qui multiplient leurs manœuvres frauduleuses au-dessus des toits. Le chat les regarde et fait claquer ses dents, comme un gendarme.

Je roule toujours, patiemment, religieusement, dévorant l'ombre pâle, restituant un jour lumineux. Je traîne dans mon sillage des joggeurs, des livreurs, de vieilles femmes en robe de nuit qui se précipitent au jardin pour voir si les fèves sont sorties pendant la nuit. Aux limites de la ville, un léger hennissement m'accueille ; c'est un vieux cheval abandonné dans le clos des Tardif ; il s'appelle Max. J'aime ses naseaux frémissants, j'ai toujours une caresse pour lui en réserve. Les collines, l'étang, les gloussements d'une bécassine ordinaire. Un pluvier me fait le coup de l'aile cassée, des vaches Holstein s'entassent le long des clôtures, piétinent le mince rectangle de nuit qui s'étire encore sur le devant de la grange. À la fenêtre d'une maison de ferme, je surprends un visage ébouriffé de sommeil. «Il va faire beau !» crie le père à son fils. Quand ils auront mangé leur bol de céréales et qu'ils se seront brossé les dents, les enfants viendront attendre l'autobus sur le bord de la route. Le chauffeur les trouvera assis sur leurs boîtes à lunch, devant les boîtes à malle, impatients d'en finir avec cette dernière avant-midi d'école. Au retour, chacun d'eux portera un ballon, une flûte ou une crécelle. Un stylo rose avec une agrafe jaune. Des cadeaux de la maîtresse. Les sacs seront bourrés de cahiers déchirés, de dictées pleines de fautes ; les mères jetteront un coup d'œil sur une composition qui leur avait échappé en cours d'année. «C'est bien! Va serrer ça dans l'armoire et change-toi!» finiront-elles par dire.

Entre-temps, le jour, qui se lève à peine, ajuste les feuilles dans les arbres. Raffermit le bleu du ciel, accroche quelques nuages, ouvre une boîte de pissenlits. «Voici le jour», disent les vieux dans les ruelles, les moineaux sur la branche et le chat sous la galerie. Hommes et femmes se précipitent sous la douche. Quant à moi, dont la vanité est sans limite, j'ai fini par dépasser le vieux chemin de la Chicane pour me retrouver enfin au sommet de ce que nous, cyclistes, avons surnommé la Côte-de-la-Mort. Et dans l'ivresse de la descente, je m'enorgueillis:

— Je suis l'aube, me dis-je en moi-même, je suis l'aube et je réveille les hommes.

FERNAND

Le bois coupé est empilé sur le bord du chemin, à côté d'un ponton. Il faut le charger dans le camion, le porter en lieu sûr, à l'usine où il sera écorcé, débité, réduit en copeaux, en poussière, en purée. Mais tout cela n'est pas si pressant, que diable! Quelle mouche te pique, Fernand? Que fais-tu là, dehors, en ce soir maudit d'octobre, seul dans la noirceur du monde, pendant qu'il pleut à fendre l'âme, pendant qu'il tombe des tonnes de pluies froides sur nos campagnes et que le vent souffle en rafales et que tous les habitants de la planète se terrent dans leurs maisons si chaudes, pendant que les enfants jouent au Monopoly sur la table de cuisine et que les jeunes couples se réfugient au fond de leurs lits, pendant qu'hommes, femmes et enfants s'entassent les uns contre les autres, se frottent les uns aux autres, corps contre corps, histoire d'oublier le vent et les grandes pluies d'automne qui rugissent au-dehors, s'attaquent aux fenêtres, aux toits, défoncent les gouttières... Pourquoi diable rester là, Fernand, en pleine tempête, figurant mal payé d'une sale pantomime, sombre automate, acteur mécanique?

Sunlight, manettes et leviers! Monstrueuse, la pince se redresse, s'ouvre, agrippe deux ou trois billes comme fétus de paille et se referme en craquant, en gémissant, pauvre corps perclus d'arthrite qui soudain se retourne, déploie le bras et largue sa marchandise. Si vous vou-

[71]

lez, nous allons reprendre encore une fois cette séquence... Prise deux, prise trois. Silence! On tourne! Mouvements saccadés, ronflements des pièces, vrombissements du moteur et de la pluie. L'enfer n'est pas plus effrayant! À force de se débattre contre le vent, Fernand ne risque-t-il pas de devenir lui-même pince monstrueuse, billes qui s'entrechoquent et grincements de machine dans le noir?

Mais non, mais non! Que vas-tu chercher là! Ce n'est pas le malheur qui enchaîne Fernand à sa machine par ce soir de grande détresse. Une simple opération mathématique est en cause. La chargeuse hydraulique qu'un contracteur du coin loue pour la modique somme de trois cents dollars l'heure est en demande à cette époque-ci de l'année. Les producteurs de bois se la passent de l'un à l'autre. Demain, ce sera au tour d'Antonin Rioux. Quand il aura fini de charger son bois, il ira porter la machine chez Roland Tardif qui doit aussi s'occuper de celui de son voisin, François Deschênes, qui vient de mourir d'une maladie de cœur. Les hommes de bois ont la vie difficile.

Si la machine charge deux mille troncs à l'heure, en combien de temps Fernand réussira-t-il à terminer son chargement de mille mètres cubes solides et apparents?

Le temps d'un orage...

Le temps d'écrire une chanson ou de s'endormir, tout seul dans le noir.

LA FIN
DE QUELQUE CHOSE

C'était l'avant-dernier jour d'août, il y a bien trois cents ans de cela. La fenêtre de la cuisine donnait sur une lisière d'arbres; des tracteurs rouges ruminaient dans les champs et on voyait les autres maisons du village, pareillement construites, avec un jardin potager à l'arrière, une cour pleine de machinerie et du linge qui séchait sur les cordes.

C'était l'avant-dernier jour d'août et il faisait trop chaud. La mère était fatiguée, ça se voyait: on sentait comme une lourdeur sur ses épaules. La petite filait un mauvais coton et s'était montrée insupportable tout au long de la journée, pleurant pour un rien, refusant de manger, de dormir. «J'me d'mande ben c'qu'a peut avoir!» avait dit la mère. Au dîner, le fils aîné s'était plaint de la chaleur excessive, du vent qui avait couché l'avoine, de la pluie qui viendrait sans doute interrompre le travail. Pour Marie-France qui s'en allait étudier en ville, c'était jour de départ, et la mère pensait à tout cela en pliant le linge pendant que le pain refroidissait sur le comptoir et que Stéphanie, la mine boudeuse, épluchait les pommes de terre. «J'le sais qu'elle aurait aimé faire le voyage à Montréal, mais y a pas de place pour elle dans l'auto, c'est pourtant facile à comprendre, non», se disait la mère. Le père rentra et demanda un verre d'eau qu'il but d'une traite, accoté dans le cadre de porte. Assis dans la charrette, jambes pendantes, les garçons en profitèrent pour souffler un peu.

La mère prit la pile de linge pour la monter au deuxième. En passant devant la fenêtre, elle vit que les jumeaux étaient rendus chez le voisin, qu'ils n'étaient plus dans le potager en train de couper des fèves comme elle leur avait demandé. «De vrais sauvages», se dit-elle. Des vauriens qui passaient leurs journées à courir d'un bout à l'autre du village, semant la panique et la discorde dans les troupeaux de vaches, les plants de patates et les parties de balle-molle. Les autres enfants les avaient en horreur. À la façon dont ils s'arrêtèrent brusquement en portant leurs regards vers la droite, elle devina qu'ils lorgnaient la maison des vieux à côté du presbytère. «Ils vont encore aller chiper des pommes», se dit-elle. Elle soupira. Avec cette vie particulière qu'ils menaient ensemble, en marge du reste de la famille, les jumeaux étaient de plus en plus difficiles à contenir, ne rentrant plus qu'à l'heure des repas ou après le coucher du soleil, quand il se mettait à faire froid dehors et que les limaces se collaient au revers des feuilles de pissenlit. La mère pensa qu'il allait pourtant falloir les séparer, un jour.

Dans la chambre des filles, deux lits de bois faisaient face à la fenêtre. L'étagère était dégarnie, une vieille paire d'espadrilles avait été mise à la poubelle. Au-dessus de la porte, une petite corniche abritait un Sacré-Cœur de plâtre. «Ça fait au moins cinquante ans qu'y é là!» se dit-elle. Les filles avaient collé des images sur les murs: des photos de vedettes, et puis un couple qui s'embrassait dans une rue de Paris, après la guerre. Suspendues à la lampe de chevet, toute une série de médailles gagnées dans les journées sportives. La petite était douée, c'était sûr! Mais à quoi cela pouvait-il servir?

La mère déposa la pile de linge sur le lit, ouvrit la garde-robe et grimpa sur une chaise pour prendre la grosse malle qu'elle avait rangée sur la tablette du haut l'année précédente, lorsque son mari était revenu de l'hôpital, fatigué, diminué, et que plus rien n'avait été pareil.

«Viens faire tes bagages, Marie-France!»

Elle ouvrit le tiroir de la commode. Tout était bien rangé. La mère sortit les vêtements et les déposa soigneusement dans la malle en faisant attention pour qu'ils ne prennent pas de mauvais plis. Le pyjama de flanelle, les sous-vêtements, un jeans, un pantalon de velours côtelé, une jupe, et puis cette blouse de dentelle qu'elle avait elle-même cousue pour la soirée de fin d'année. Ça lui allait bien, à Marie-France, cette blouse-là.

«T'arrives-tu, Marie-France? Si ça continue, j'vas avoir fini quand tu vas arriver!»

Marie-France monta l'escalier sans se presser.

«J'aurais besoin d'un réveille-matin, dit-elle en entrant dans la chambre.

— Prends le mien. J'me réveille toujours de bonne heure.

— Pas cette jupe-là, m'man! J'la mettrai plus, est finie! Est juste bonne pour aller à poubelle!

— Dans maison, des fois!

[75]

— Ça rentrera pas toute! Y a mon manteau d'hiver aussi!

— On va l'mettre à part! Tu y vas en auto, c'est pas comme si tu prenais l'train.»

Le soleil dessinait des carrés de lumière sur le prélart usé. «J'avais jamais r'marqué ça», pensa Marie-France. La mère enroula une ceinture sur ses doigts et la glissa dans un coin de la valise.

«Stéphanie va être contente d'avoir toute la chambre à elle! dit Marie-France.

— J'pense que j'vais installer Carole à ta place; a commence à être pas mal grande pour dormir avec nous autres.

— Tu peux fermer; y reste plus rien.

— Attends, j'ai quelque chose à t'donner», dit la mère.

Elle ramassa la corbeille à papier et quitta la chambre. Marie-France l'entendit qui descendait l'escalier; quelques instants plus tard, elle allumait le rond sous la casserole de pommes de terre et ouvrait le tiroir de cuisine. «Qu'est-ce qu'elle peut avoir à m'donner?» se demandait Marie-France. Un bruit de tracteur l'avertit du retour de ses frères. Le plancher craqua: la mère remontait lentement l'escalier. «Est de plus en plus essoufflée! P't-être qu'est malade!» pensa Marie-France.

«Tiens! V'là ta feuille, dit la mère en entrant dans la chambre.

— C'est quoi, c'te feuille-là?

— J'n'ai fait une pour toués enfants. J'vous la donne quand vous partez. C'est écrit à quel âge t'as eu ta première dent, les premiers mots qu't'as dits, les maladies infantiles, toutes sortes d'affaires de même... J'parle de ta médaille de composition française en troisième année...

— La fois qu'j'ai mis le feu dans remise, c'est là aussi?

— Jamais d'la vie! J'marque rien qu'les bonnes choses... À quelle heure qu'y viennent te chercher?

— Six heures.

— Y partent donc ben tard! Vous allez être pris pour voyager à noirceur.»

Marie-France prit la feuille et referma la valise. «J'me demande si les choses se sont passées de même pour les autres», se dit-elle.

Le soleil avait fini par sortir de la chambre. Lui non plus n'aimait pas les adieux.

«Essaye de pas trop déranger chez ton frère», dit la mère.

En bas, Stéphanie achevait de mettre la table.

«C'est moi qui vas m'asseoir à ta place...» dit-elle à Marie-France.

Les jumeaux avaient fait un trou dans le pain, le père achevait de se laver les mains, le frère aîné chicanait à propos du voisin qui n'avait pas rendu l'échelle qu'on lui avait prêtée.

— Demain, on va n'avoir besoin dans l'fenil, dit-il d'un ton maussade.

UN ROMAN QUOI?

Je lui ai dit: «Monsieur le maire, j'ai une idée formidable! Vous allez voir: ça va attirer les touristes! In-du-bi-ta-ble-ment. Un roman-photo, oui. Pleines pages, pleines couleurs. Un tirage frisant les deux cent mille. Beau contrat pour l'imprimeur local! En vedette, à l'américaine, les collines avoisinantes! Elles sont si belles, si verdoyantes, nos collines avoisinantes... «Plus belles que celles de l'Okanagan», me disait Nicolas, l'autre jour. Ce n'est pas peu dire...

«En toile de fond, une histoire d'amour doublée d'une intrigue policière. Nous nous rallierons ainsi tous les publics. Vous ne me croirez peut-être pas, mais la sœur du dentiste a déjà accepté de jouer le rôle de l'assassin. «J'accepte bien volontiers», a-t-elle dit. Nul doute que les figurants seront nombreux à se présenter sur les lieux du tournage. Je vois ça d'ici, monsieur le maire: Julot, sur sa bicyclette, à moitié caché derrière ses grands cartables, des cartables bourrés de dessins de tigres en train de bouffer des plantes aquatiques... De véritables pièces à conviction. À mon avis, le bijoutier constituerait une cible de choix. Le mieux serait qu'il entretienne une liaison avec la femme du député. Il y aurait connivence, et collusion, et tout et tout. Belle occasion pour hisser les drapeaux, faire des discours, tenir des assemblées! (Qu'on bâillonne la chorale!) Surtout ne pas laisser la confection du buffet entre les mains de *La Chansonnette*. La dernière fois...

«Mais laissons tomber la dernière fois. Montrons-nous positifs! Il ne sert à rien de regarder vers l'arrière. À l'arrière, il n'y a que boues et misères. Ça se voit très distinctement sur les photos d'époque: des familles nombreuses, des vieillards faméliques. Des trottoirs de bois. La tombe de John Frederick Darwall. Un suicide, la nuit, dans la maison du curé.

«De la page vingt à la page quarante-neuf, nous assisterons au rendez-vous des routiers: trois cent cinquante camions à remorques jouant du klaxon sur la rue principale. Parfaitement dément. Les policiers resteront coincés au passage à niveau à cause d'une signalisation défectueuse. Le coupable aura tout le loisir de perpétrer son forfait. La chasse à l'homme se terminera dans un bain de sang. C'est forcé! Sans bain de sang, nous ne convaincrons personne. «Des amateurs, que des amateurs», diront les gens. Réginald Boisclerc serait le suspect numéro un. À moins que nous ne demandions à Jean Chênevert... Son petit chien sous le bras, il traverserait les images de gauche à droite, de droite à gauche, tel un fantôme. Pour rehausser le tout, je compte sur les balcons de la rue Desbiens. Des individus à la mine patibulaire, des punks, des sans-abri... Des faux, évidemment, tous des faux, nous n'avons pas de ça ici! Et puis des coureurs en petite tenue. Céline, dans sa piscine! Soleil! L'érotisme et la mort. Le p'tit Fouinard en train de faire ses manigances... Les panneaux-réclame du théâtre d'été. Très réussis, ces panneaux!

«Sans compter le marcheur. Il vient de se faire une nouvelle blonde et s'est acheté une voiture d'occasion; même qu'il l'a eue pour une bouchée de pain dans un garage de Bonaventure, en Gaspésie, sur la Terre, la Terre qui est un astre...

— L'achat chez soi et les chèvres seront bien gardées», disent les élus municipaux.

LA MORT
D'UN MENTEUR

S ale temps! Le vent était chaud, le soleil resplendis-sait. L'automne était tombé par terre. Il ne restait plus qu'à ramasser les feuilles. «Et que ça saute!» a dit Benoit.

Pleine de bonne volonté, je chaussai mes bottines de cuir, enfilai mes gants de jardinage et me jetai dans la cour comme on se jette à l'eau. «J'aurai fini en un temps trois mouvements», me disais-je.

Vous l'aurez deviné, j'étais dans un de ces jours où on se sent prêt à tout. J'aurais balayé la Terre entière s'il l'avait fallu. À coup sûr, pensais-je, j'allais aujourd'hui fracasser mon propre record de ramassage de feuilles, ce qui n'était pas très difficile à la vérité, étant par nature plutôt négligente en matière de feuilles qui traînent. «C'est si beau, des feuilles d'automne qui traînent par terre», ai-je coutume de dire, sans une once de mauvaise foi.

Naturellement, à peine débarquée sur le terrain, j'eus droit aux gouailleries habituelles. «C'est vous qui avez hérité du contrat à matin!» «C'est d'l'ouvrage, des arbres, hein!» «Pauvre vous! Vous vous en sortirez pas...» dirent mes voisins.

Tous ces vieux grognons qui détestent les arbres, quand ce n'est pas carrément moi qu'ils détestent! Je n'allais certes pas me priver de leur asséner mon argument massue, une trouvaille de Benoit destinée à leur clouer le bec une fois pour toutes:

«Qu'est-ce que vous voulez! Ces pauvres arbres... On n'a pas encore réussi à leur apprendre à ramasser leurs feuilles eux-mêmes...»

Sale temps, vraiment! Le vent était chaud, le soleil resplendissait. J'aurais mieux fait d'aller me promener sur ma bicyclette jaune.

Le travail avançait tout de même. J'avais à peu près un mètre cube de déblayé, deux sacs orange s'alignaient déjà le long de la clôture lorsque madame Thibault, notre voisine de gauche, en route pour le dépanneur, me salua poliment. Un salut auquel je m'empressai de répondre sans toutefois interrompre mon labeur. La dame en question poursuivait déjà son chemin lorsqu'elle se ravisa et revint sur ses pas.

«Avez-vous appris la nouvelle? dit-elle.

— La nouvelle? Quelle nouvelle?

— Maurice Dufour?

— Non! Qu'est-ce qui se passe?

— Y est décédé ce matin...

— Ah oui? C'est curieux! j'ai justement pensé à lui en fin de semaine. C'était prémonitoire, sans doute!

— Y est mort du cancer...

— Je m'en doute... On dirait que ça vous fait sourire...

— C'est que, voyez-vous, personne n'a jamais cru qu'il avait le cancer...

— Ah non? Je le croyais, moi...

— C'est parce que vous ne le connaissiez pas vraiment. Entre vous pis moi, c'était un sacré menteur, Maurice... Et puis, il était plutôt grand et fort. C'était difficile à croire, vous comprenez...»

Et madame Thibault s'en fut, sourire aux lèvres... Mourir un sale matin d'automne comme celui-là. «Pauvre Maurice Dufour!» me suis-je dit. Et «À quoi ça sert de mentir puisqu'on finit toujours par mourir?» me suis-je dit encore.

Madame Thibault venait à peine de tourner le coin de la rue que madame Castonguay, descendue étendre son linge, vint me trouver à son tour.

«Avez-vous connu ça, vous, Maurice Dufour? Le gros qui restait au coin, là-bas?

— Oui, je sais. Madame Thibault m'a appris la nouvelle. Pauvre homme...

— Oui... C'est bien triste.

— C'est triste, mais ça vous fait sourire...

— Heu! La question, c'est qu'personne l'a cru quand y a dit qu'y avait l'cancer... Mettez-vous à notre place! C'était un peu difficile à croire, y était plutôt grand et fort, Maurice... Jamais fumé une cigarette de sa vie...

— Y buvait pas non plus, renchérit Omer Paquet qui venait d'arriver.

— Mais y était menteur, par exemple, dis-je à mon tour.

— Ah! pour mentir, y mentait à plein. Y s'en privait pas.

— J'gage que vous parlez de Maurice», dit François Pelletier.

Et patati et patata. Tous les vieux de la ville sont venus aujourd'hui m'annoncer la mort de Maurice Dufour. Des vieux qui n'ont jamais été aussi souriants, ma parole! Mes importants travaux de ramassage de feuilles en ont été tout perturbés.

J'appris également qu'avant de partir pour Québec où il devait recevoir des traitements de chimiothérapie, Maurice Dufour avait lui-même fabriqué l'urne destinée à recueillir ses cendres: une tombe miniature en acier inoxydable, avec un crucifix vissé sur le couvercle. «Très bien faite», disent ceux qui l'ont vue.

L'incinération à Rimouski, le dernier voyage, l'enfouissement des cendres, il avait tout prévu, Maurice. Tout, sauf les rires et les hochements de tête qui se sont emparé de la ville en cette belle journée d'automne.

«Quelle belle mort», me dis-je, légèrement envieuse...

LE PÊCHEUR
DE CANARDS

Quand on a cinquante ans, une mine réjouie, une belle moustache, il est d'usage alors de se lever tôt et d'ouvrir résolument la porte du chalet tout en bois qu'on a construit de ses propres mains sur les rives d'un grand lac calme. Quand on a cinquante ans, qu'on a atteint une part de ses objectifs et renoncé à l'autre, on peut désormais s'avancer tête haute sur le petit quai chambranlant de l'été; garder ou non ses mains dans ses poches, fumer ou ne pas fumer une cigarette. C'est selon. Une rougeur au loin? Le jour qui se lève. Quand on a cinquante ans, on est heureux de voir le jour.

L'homme de cinquante ans que je connais se lève tôt. Il se tient debout au bord du grand lac calme. Il fume une cigarette et scrute l'horizon. Devant lui, des forêts nappées de brume, un ciel rose, des années passées et à venir. Cinquante ans, on ne rit pas! La nostalgie lui serre la gorge. Il rêve, il hésite. Et puis il y a cette douceur inattendue du jour qui se lève. De quoi rendre un homme heureux. «Tout peut arriver encore», se dit-il. Il a raison. Tout peut arriver. Il pourrait se mettre à chanter ou à danser; à moins qu'il ne décide simplement de ramasser cette chaise de parterre qui traîne sur la grève depuis deux jours. Nenni. Voici qu'il applique sa main contre sa bouche et se met à pousser des cris, des cris étranges, stridents, nasillards, des cris qu'on ne s'attendrait pas à entendre dans la bouche d'un homme de cinquante ans. Répondant à l'appel, les canards affluent de partout : de la décharge du lac, de l'île aux Hérons, d'un étang vaseux perdu dans les terres à quelques kilomètres de là. Ils sont des dizaines, des centaines à se présenter ainsi, les uns à la suite des autres, presque au garde-à-vous. Malards, sarcelles, morillons, bec-scie à poitrine rousse, il y en a pour tous les goûts. L'homme prétend avoir vu un canard arlequin, un jour ; sa femme refuse de le croire. C'est comme ça, les femmes ! À partir d'un certain âge, elles ne croient plus à rien.

En fait, cette scène n'a rien d'inhabituel ; les oiseaux vous le diront, tous les matins l'homme cancane ainsi et il le fait si bien que les canards ont fini par élire domicile dans l'anse. Des petits saules braillards leur fournissent le gîte, il y a des joncs, des iris, des scirpes ; il y a des mouches à profusion ; des vers s'enfouissent voluptueusement dans la vase. C'est un véritable éden, un aquatique eldorado... Les canards y nagent en toute quiétude. Ils se chicanent et s'éclaboussent, se décochent tranquillement des petits coups de bec tranquilles. S'ils plongent, c'est pour mieux ressurgir quelque part, un peu plus loin, là où le ruisseau amène une eau très fraîche et des petites truites argentées qui s'effraient d'un rien.

L'homme de cinquante ans que je connais passe ainsi de longues heures à observer ceux qu'il appelle désormais «mes oiseaux». Des oiseaux qui se montrent d'ailleurs de plus en plus familiers. Un matin de juillet, une vieille cane a poussé l'audace jusqu'à monter sur la pelouse. Deux jours plus tard, elle faisait le tour du jardin. On eût dit qu'elle s'inquiétait pour les petits pois. Dès lors, ce qui n'était qu'un jeu devint une sorte de mission: «Les protéger, les rendre à bon port», dit l'homme à qui veut encore l'entendre. Le pauvre! À la merci du moindre cancan! Dès qu'il entend jacasser sa progéniture, il s'éveille; enfile un pantalon, se regarde dans le miroir, conclut par un haussement d'épaules. Il se rasera plus tard, pense-t-il. Quand il en aura le temps. Demain, peut-être. L'année prochaine. En ce moment, il a autre chose à faire: aller dans le garde-manger, prendre le sac de pain et ouvrir la porte qui donne sur la galerie d'en avant. C'est le signal! Surexcités, les canards n'en gardent pas moins leurs distances. Il n'y a vraiment que la vieille cane pour oser s'approcher. Elle sera servie la première. À bon entendeur, salut.

Un jour pourtant, l'homme ne trouva plus un seul petit morceau de pain dans le garde-manger et il dut prendre son mal en patience. À neuf heures pile, il se tenait devant la coopérative agricole, dans l'attente qu'on lui ouvre la porte. Une demi-heure plus tard, il était de retour, la voiture pleine de sacs de moulée, avec quelques planches en bois traité. Il ne tarda guère à se mettre au travail! À midi tout était terminé. Le petit quai chambranlant de l'été est désormais garni de bacs que l'homme de cinquante ans se fait un devoir de remplir à mi-hauteur, chaque matin. Les canards sont «aux petits oiseaux», si on peut dire.

Hélas, les choses étant ce qu'elles sont, les iris ont fini par perdre leurs pétales; les longues feuilles enrubannées des scirpes sont presque toutes desséchées maintenant ; leurs épillets noircis libèrent des graines qui dérivent lentement à la surface de l'eau. Des algues microscopiques réfléchissent les rayons du soleil, les excréments d'oiseaux causent des démangeaisons aux baigneurs. Dans le petit bois, les monotropes ont flambé comme des allumettes ; spiranthes, asters et verges d'or ont pris tout le plancher.

«Menaces de gel au sol», dirent les météorologues. Le lendemain, dans le jardin, les plants de fèves s'étaient avachis et on découvrit avec stupéfaction que carottes, choux et brocolis avaient atteint leur pleine maturité. Déçus, les enfants retournèrent à l'école. «La chasse sera bientôt ouverte», dit l'homme en se frottant les mains de satisfaction. Et il sortit son fusil du placard.

Évidemment, c'était prématuré. Il lui faudrait attendre plusieurs semaines encore. Des blondeurs dans les joncs, des rougeurs dans les arbres ; des tourbillons de feuilles, de nuages. Pour passer le temps, l'homme s'adonne aux préparatifs, une étape cruciale à ce qu'il paraît. Enfin, au matin de l'ouverture, vêtu d'un habit de camouflage — dossard fluorescent et bottes de chasse lui montant au genou —, l'homme sortit sur sa galerie. Il regarda le ciel en plissant les yeux, puis, sans se presser, le plus calmement du monde, il épaula son fusil.

La vieille cane fut servie la première. L'homme n'eut aucune difficulté à retrouver sa seconde victime : un magnifique canard arlequin. «À deux par jour, pendant une semaine ou deux, ça nous en fera une vingtaine. Ce sera suffisant», dit-il à sa femme en déposant les canards sur le comptoir de la cuisine.

[90]

Après avoir retiré ses bottes, son dossard et son habit de camouflage, l'homme de cinquante ans que je connais prit son sac de moulée et s'en fut remplir les bacs.

LA BELLE BLONDE

Plus une seule feuille dans les arbres. Les mélèzes avaient perdu la guerre, leurs aiguilles jonchaient maintenant le sol. «Comme il est tard!» me dis-je. Un automne précaire en équilibre sur l'arête du temps. La première bordée de neige nous ferait basculer dans la blancheur de l'hiver; en attendant, le soleil racontait ses mensonges à qui voulait encore l'entendre et de vieilles mouches récalcitrantes s'entêtaient à bourdonner dans les châssis doubles.

En route pour Rimouski, nous empruntons cette petite route de campagne qui monte, tourne et se retourne, couchée dans le paysage comme dans un lit d'apparat.

«La belle blonde ne sera sûrement pas là, ce matin», dis-je.

La belle blonde! Depuis dix ans que nous parcourons cette route, chacun de nous l'a croisée mille et une fois, peut-être davantage encore. Qu'il tonne, neige, pleuve ou vente, la belle blonde est toujours là. «Elle piochait dans le jardin», a dit Benoit la première fois. «Elle étendait son linge», ai-je rapporté le lendemain. Par la suite, nous l'avons vue tondre la pelouse, tailler la haie, pelleter la neige, élaguer les cèdres, brûler les feuilles. Elle aime la marche, la course à pied et le ski de fond. Une nuit de juillet, nous l'avons surprise en train d'observer les étoiles. L'été dernier, elle a repeint toutes ses fenêtres, la balançoire et le toit de la remise. Inutile d'expliquer qu'après dix ans de travaux ménagers et d'activités sportives de toutes sortes, elle soit devenue pour nous un personnage à la fois mythique et familier. Nous l'avons inscrite sur notre carte du territoire, à titre de curiosité locale. Elle y côtoie une corde à linge sur laquelle sèchent les mêmes vêtements depuis plus de quinze ans et une enseigne peinte à la main montrant un skieur vêtu de rouge entre deux épinettes noires. Si vous voulez mon avis, elle éclipse même les éclairs qui jaillissent mystérieusement du cimetière de Val-Brillant, le soir, quand on circule en voiture, d'ouest en est.

Bref, vous l'aurez deviné, la belle blonde a deux amis anonymes, attentifs à ses moindres gestes et supputant leurs chances de la rencontrer, où, comment et dans quelles circonstances. Nous lui avons donné un passé qu'elle n'avait pas: mari mort à la guerre, père abusif, mère amnésique, des peines d'amour à n'en plus finir. Grande, mince, les cheveux blonds, le teint hâlé, elle porte un bikini pour arroser ses fleurs. Nous l'appelons *la belle blonde*. Comment faire autrement?

La belle blonde habite la maison sur la colline, vous savez, cette maison de bardeaux noircis par le temps. À ses pieds, les terres basses qui longent la rivière Mitis; des peupliers de Lombardie, des ormes majestueux, tout un enchevêtrement de plaines et de collines, des champs d'avoine, d'orge et de mil, une ferme par-ci, une rangée d'arbres par-là, une forêt au loin, et puis des clôtures, des buissons; une circulation automobile restreinte aux voisins et amis. Un site enchanteur, comme on dit dans les dépliants touristiques. «Pas étonnant qu'elle soit toujours dehors...» pensons-nous.

[94]

«La belle blonde ne sera sûrement pas là, ce matin», avais-je présumé, assez arbitrairement d'ailleurs.

Pas là, la belle blonde? Allons donc! Contre toute attente, en ce jour glacial de novembre, elle est une fois de plus au rendez-vous. Chaudement vêtue — polar marine et mitaines doublées de mouton —, la voilà qui prend le frais, comme ça, gentiment, à l'arrière de sa maison.

«Je t'en prie, Benoit. Allons lui parler cette fois!»

Benoit hésite.«Est-ce vraiment une bonne idée?» se demande-t-il avant de se décider à stopper la voiture et à faire marche arrière. La belle blonde nous regarde venir avec méfiance.

«Bonjour, madame», dit Benoit en baissant la vitre.

Toute une entrée en matière! À coup sûr, les communications ne vont pas être faciles! La belle blonde ne semble nullement intéressée par ce que nous pouvons avoir à lui dire. Elle reste sur ses gardes: «On ne parle pas aux étrangers», lui a-t-on appris à l'école. Sur la galerie, une chaîne stéréo diffuse une musique pour le moins entraînante, une musique de club de gymnastique.

Passablement embarrassé, Benoit tente une dernière échappée:

«On ne veut pas vous déranger, on est juste venus vous saluer; on vous voit toujours quand on monte à Rimouski; vous êtes souvent dehors, n'est-ce pas?»

Nous avons droit à un grand éclat de rire. Rassurée, la belle blonde se décide enfin à venir à notre rencontre.

«J'suis pas fameuse pour tenir maison, hein! dit-elle en se penchant à la fenêtre.

— On vous surveille! renchérit Benoit, plutôt heureux de la tournure des événements. Nous voyageons régulièrement par ici. Chaque fois, on se demande où vous allez être, ce que vous serez en train de faire; c'est la première fois qu'on rencontre quelqu'un qui se tient continuellement à l'extérieur comme ça! Ce matin, en vous voyant là, alors qu'il fait si froid, on a eu envie de venir vous saluer.

— Ah, ben! J'pensais pas qu'il y avait du monde qui m'regardait d'même!

— On vous appelle *la belle blonde...*

— Vous faites dur! conclut-elle, visiblement contente cette fois.

Elle avait en effet les cheveux très blonds, teints sans doute puisqu'elle dépassait largement la soixantaine; vêtue avec une élégance surprenante pour ce petit coin de pays. Comme il fallait s'y attendre, son visage était bronzé. Les yeux? Bleus. Irrémédiablement bleus.

Désormais en confiance, la belle blonde aux yeux bleus se mit à nous raconter cet irrésistible besoin de grand air qui la talonnait depuis qu'elle était toute petite. Même sa mère n'en revenait pas! Son mari non plus. Le pauvre! il aurait aimé l'emmener en voyage, ne serait-ce qu'une fois de temps en temps, mais après cinq minutes de voiture, elle commençait déjà à se plaindre.

«J'étouffe à l'intérieur, dit-elle; j'aime courir, marcher... Je fais du ski de fond, aussi! J'ai même une piste, en haut!

— Oui, nous savons... dit Benoit, ce qui la fit rire encore.

— Vous savez ça aussi? Ouains! Vous êtes bien renseignés! Y a pas à dire!»

Nous avons glissé quelques mots sur la beauté du paysage et elle a approuvé, expliquant qu'elle ne s'en lassait pas, que cela l'émerveillait toujours et chaque jour davantage. «Y en a qui disent qu'ils le voient plus, le paysage, à cause de l'habitude; j'arrive pas à comprendre ça», a-t-elle dit.

Finalement, le temps nous pressant, nous lui avons souhaité une bonne journée et nous sommes repartis.

«À chacun son destin», me dis-je pendant que la belle blonde se remettait à sautiller sur une jambe et puis sur l'autre, au son de la musique. Pour conjurer le froid, sans doute. Une sorte de danse à couper le souffle, un hommage à l'éblouissante lumière d'automne!

En arrivant en ville, nous avons raconté notre aventure à une toute jeune fille qui nous a écoutés attentivement. «Un jour, vous allez passer par là et elle n'y sera plus», a-t-elle dit.

Nous n'en avons rien cru. Plusieurs années se sont écoulées depuis. La belle blonde est toujours là. Elle s'est mise à faire de l'équitation. Je l'ai vue, la semaine dernière; elle montait une jument Palomino tout aussi blonde qu'elle et semblait en pleine forme.

TANT QU'À Y ÊTRE

— Écoutez, je déteste faire des travaux de peinture.

— Vous n'êtes pas la seule, vous savez, tout le monde déteste ça.

— Peut-être mais nous, on déteste ça plus que les autres. Alors, je veux que tout se passe bien. Donnez-moi un rouleau d'excellente qualité, s'il vous plaît.

— Je peux vous offrir ce modèle. Vous tombez bien, il est justement en solde.

— Est-ce le meilleur que vous avez?

— Je n'ai jamais entendu personne s'en plaindre.

— Bon, je vais le prendre.

— J'vous le mets de côté; je suppose que vous avez besoin d'autres choses?

— Évidemment. Mais vous m'en mettez combien là? Un seul? Ça suffira, vous croyez?

— Ça dépend! Vous ne m'avez pas dit combien vous étiez...

— Trois, au moins trois.

— Pas de problème! Je peux vous en vendre dix si vous voulez!

— J'ai aussi besoin de pinceaux pour le découpage. Imaginez! huit fenêtres, deux portes vitrées, quatre-vingt-deux carreaux en tout et partout. C'est horrible, n'est-ce pas?

— Ouains! Tout un contrat! Pour le découpage, on utilise généralement ce genre de pinceau.

— Parfait! donnez-m'en trois. C'est bon pour les boiseries aussi?

— C'est bon pour tout.

— Et les plinthes?

— Aussi. Suffit de savoir s'en servir.

— Vous croyez que je saurai? En ce qui me concerne, je ne suis pas très convaincue. Ah! j'oubliais. Avez-vous quelque chose pour les portes? On m'a dit qu'il valait mieux ne pas utiliser le rouleau. Qu'en pensez-vous?

— C'est vrai! On recommande habituellement de faire les portes au pinceau; ceux que je vous ai donnés feront l'affaire.

— Vous en êtes sûr?

— Parfaitement. Vous n'aurez aucun problème.

— C'est qu'il y en a beaucoup, vous savez. Neuf portes. Plus une bibliothèque. Sans compter les deux garde-robes!

— Belle fin de semaine en perspective. Y a-t-il autre chose?

— Attendez que j'y pense!... Ce petit machin pour enlever la peinture sur les carreaux, vous connaissez?

— Un grattoir?

— Oui. Vous en avez en stock?

— Bien sûr. Je vous en mets trois?

— Un seul suffira.

— Ce sera tout?

— Je suppose que oui. Enfin, je dois aussi acheter la peinture, naturellement. Vous croyez que j'ai besoin d'une couche de fond?

— Ça dépend de ce que vous avez déjà sur vos murs; c'est de la peinture à l'huile ou du latex?

— Ma foi, je n'en ai aucune idée. C'est important?

— Évidemment. On ne peut pas mettre un latex par-dessus une peinture à l'huile; ça prend une couche d'apprêt.

— Vous croyez? Allons! je ne vais pas hésiter pendant deux jours! Donnez-moi de l'apprêt.

— Un gallon?

— Diable! je n'en ai aucune idée. Attendez! voici le plan du salon. Ce mur fait onze pieds, celui-ci neuf; et puis, il y a ce couloir, là, et deux petites armoires. Non, ça, c'est une bibliothèque; elle est aussi à repeindre. Vous pensez qu'un gallon suffira?

— C'est pas mal grand. Vous seriez mieux avec deux gallons.

— Un gallon, une pinte?

— Peut-être. Mais je n'en suis pas sûr.

— Deux pintes, alors?

— Vous savez, deux pintes coûtent plus cher qu'un gallon. Je crois que vous seriez mieux avec deux gallons.

— Bon, j'vous prends au mot. J'espère que vous ne vous trompez pas.

— Ça m'étonnerait...

— Et les couleurs? Vous avez des échantillons?

— À votre gauche.

— Pourriez-vous me conseiller? Voyez-vous, il s'agit d'une assez grande pièce, plutôt sombre d'ailleurs, à cause des arbres dans les fenêtres: des érables et un bouleau. Y en a qui disent que je devrais les faire couper pour avoir plus de lumière dans le salon, mais je ne peux supporter qu'on touche aux arbres. Vous supportez qu'on touche aux arbres, vous?

— C'est sûr qu'une maison entourée d'arbres, c'est plus beau qu'un désert... Si la pièce est peu éclairée, je vous recommande d'y aller dans les tons pastel... Ça éclaircira davantage.

— Et le plafond? Il est assez haut! On dit qu'un plafond foncé conférera à la pièce un caractère plus intime.

— C'est ce qu'on dit, en effet.

— Un jaune, pour le plafond? Ce serait un bon choix, vous croyez?

— Pas mauvais. À ce moment-là, vous pourriez utiliser un vert pâle pour les murs.

— Et les boiseries?

— Un blanc légèrement teinté de jaune serait tout à fait approprié. Ça implique beaucoup de découpage, toutefois. Songez-y! Si vous n'aimez pas faire de la peinture, vous risquez de trouver le temps long.

— C'est vrai; je n'aime pas tellement faire de la peinture. D'un autre côté, ce serait joli, ces couleurs, n'est-ce pas? Cela mettrait en valeur les boiseries. En plus de créer une certaine atmosphère. Dans le fond, c'est une très belle pièce, ce serait dommage de ne pas lui rendre justice. Tant qu'à faire...

— Ce n'est qu'un coup à donner.

— Vous avez raison. Par contre, ça risque de me prendre beaucoup plus que la fin de semaine. Il ne faudrait pas que j'en vienne à bâcler le travail.

— C'est à vous de décider.

— Bon, alors, je me décide, je plonge. Du jaune pâle pour les boiseries... Qu'est-ce que vous faites ?

— Je prépare le mélange. Ça s'vend pas comme ça, la peinture. Il faut la fabriquer.

— Ah ! Je l'ignorais. Ça se lave à l'eau ?

— Pas la couche d'apprêt. Ça va vous prendre un diluant. Vous en avez ?

— Ça m'étonnerait.

— J'ai ça, qui se vend au gallon...

— Eh bien, mettez-le moi avec le reste. Et puis ce truc, là, pour masquer les imperfections dans les murs ?

— Le Polyfilla ? Je l'ai en deux formats. Vous voulez le grand ou le petit ?

— Je ne sais pas trop. Montrez donc...

— Y en a pas mal là-dedans.

— Ce sera parfait. Et une spatule aussi, s'il vous plaît.

— Voilà.

— Voyons voir ! De quoi je pourrais avoir besoin encore...

— Ma foi, j'ai l'impression que vous avez tout ce qu'il vous faut.

— Vous croyez ça, vous ? Et le papier sablé ?

— Une feuille ou deux feuilles ?

— Est-ce que je sais, moi ! Mettez-en deux, tiens ! Tant qu'à y être...

LES MAILLOCHES

Quand on est écrivain, les gens vous invitent à souper!» ai-je écrit l'autre jour. C'était dans mon prochain livre. «Quand on est écrivain, dis-je dans celui-ci, on doit inventer des histoires.» Des histoires de gens qui meurent, de gens qui pleurent. Quand on est écrivain, on écrit des livres dans lesquels il se passe parfois quelque chose: une femme qui se sauve, un avion qui tombe. Parfois un homme dans la force de l'âge ouvre la porte d'un café et la serveuse vient l'accueillir. Elle chante: «Allez, venez, milord!» et l'homme se met à pleurer. C'est une histoire un peu banale, je sais; une vieille rengaine! À vrai dire, je préfère les contes à dormir debout, franchement fous, les aventures d'une plume d'oie, par exemple, qu'un chasseur vient de trouver sur son chemin et qu'il agrafe à son chapeau avant de s'en retourner chez lui, le cœur plein de joie!

«Tiens, tu as mis une plume d'oie à ton chapeau», remarque sa femme, une brune, plantureuse.

Dans la maison voisine, l'homme qui revient également du travail, fourbu, harassé, raconte qu'il a vu une plume d'oie sur le chapeau du voisin.

«Curieux! Il en manquait justement une au chapeau de mon professeur d'allemand», dit-ils. Qui n'eut de cesse que la nouvelle se soit répandue dans tout le pays.

«Étrange, vraiment très étrange, dit le professeur d'allemand. Tu crois que ton père accepterait de témoigner en ma faveur?» demande-t-il.

«Oui, j'ai bien vu une plume d'oie sur le chapeau du voisin», dit le père, fourbu, harassé.

Interrogée, la femme du voisin confirme: «En effet, mon mari avait une plume d'oie à son chapeau; il l'avait trouvée près de l'étang, je crois.

— Ah bon, tout s'explique!» ont dit les agents.

«Les policiers sont venus, ils s'inquiétaient pour la plume d'oie, dit la femme à son mari, une brune, plantureuse.

— Ah bon!» dit le mari, un blond, plutôt costaud.

Tout bien conté, je crois que les histoires m'ennuient. Je préfère la vérité. Je suis un ardent défenseur, une adepte, une inconditionnelle de cette vérité qui ne sort certainement pas de la bouche de mes enfants à moi, qui aiment trop les histoires pour s'enticher de vérité. «Tu fais toujours des histoires!» dit le père à son fils.

Je vais donc vous dire toute la vérité en ce qui concerne cette stupide histoire de mailloches qui a mis toute la ville en émoi, il y a quelques années de cela. Qui d'autre que moi pourrait le faire? Moi seule ai tout vu, tout entendu. Je suis le seul témoin oculaire. À travers des fenêtres embuées, toutefois; je tiens à le préciser.

En fait, l'histoire est plutôt triste, ce qui ne serait déjà pas si mal, mais elle met également en scène une femme d'un certain âge, une dénommée Rita Lafontaine ou Charlotte Boisjoli, je ne sais trop, je ne sais plus, il faut me comprendre, l'histoire est plutôt triste ; d'ailleurs ça n'a pas vraiment d'importance. Pour les besoins de la cause, nous dirons Clothilde.

Ah ! Clothilde ! Une femme pointilleuse, presque tatillonne, tombant volontiers dans tous les travers de son sexe, une femme qui se perd dans les détails les plus mesquins, et colérique en plus, s'empourprant facilement, pour un oui, pour un non, pour une vétille, une peccadille, une broutille ; une de ces femmes méticuleuses et ordonnées qui sèment l'inquiétude et le désarroi partout où elles passent et tous ceux qui ont eu le malheur de les fréquenter finissent par mourir d'ennui. Autre particularité, qui n'arrange rien, de même que le nez de Pinocchio s'allongeait à chacun de ses mensonges, les hanches de Clothilde s'élargissaient à la moindre contrariété. Moi qui passais par là, je les voyais s'élargir d'heure en heure, mais je ne pouvais rien pour elle. Je mis tous mes espoirs dans la musique. Il arrive parfois que la musique sauve les âmes. Or, Clothilde était une excellente musicienne qui jouait du piano et du trombone, le soir, dans une petite pièce attenante à la salle à manger, au creux d'une belle maison de briques et de lierre qu'elle partageait avec sa sœur cadette. Clothilde aimait profondément cette pièce dont tout un pan de mur était occupé par une armoire vitrée qui servait à ranger une imposante collection de cahiers de musique, des partitions d'un tel et puis d'une telle, beaucoup de Bach, du Chopin, du Ravel, les *Kinderszenen* de Shumann, la *Passacaille* de Handel. Des partitions auxquelles Clothilde tenait comme à la prunelle de ses yeux et qu'elle se gardait bien d'annoter comme le font certaines gens peu soucieux de la propreté des choses. Au contraire, après trente ans d'usage, ses cahiers étaient toujours aussi impeccables.

Et comme elle savait jouer la musique, Clothilde! C'était une interprète si consciencieuse! Elle se faisait un point d'honneur de limiter ses interprétations à ce qui était imprimé là, sous ses yeux, en chair et en notes, dans des mesures identiques, sur des portées à cinq lignes bien fermes. Jamais, de sa propre initiative, Clothilde n'aurait osé s'étendre sur une certaine mesure ou accentuer un accord particulièrement plaisant. Si le compositeur s'était donné la peine d'indiquer *Fortissimo*, il aurait été très malvenu de sa part de ne pas en tenir compte, pensait-elle. Aussi Clothilde jouait-elle fortissimo pour ensuite fermer les yeux et retenir son souffle dans les passages portant la mention *Con sentimento*. À n'en pas douter, Clothilde aimait vraiment la musique. «Depuis toujours», disait-elle. Depuis que, toute petite, sa mère l'avait installée sur le banc du piano en lui murmurant à l'oreille: «Sois sage, ma chérie! Je reviens tout de suite.» De sa petite main potelée, Clothilde s'était mise à faire des gammes, des arpèges. Les années avaient passé, la mère n'était jamais revenue.

Certains soirs pourtant, la musique n'arrivant plus à tenir la tristesse à distance, Clothilde enfilait son manteau, nouait un foulard sur sa tête et s'en allait marcher dans les rues de la ville, une ville bête comme il ne s'en fait plus, avec des maisons placées tout de travers, des entrepôts en plein centre, des camions de bois, des chauffards, des vieux qui n'arrivent plus à fermer l'œil, une ville où l'on entend hurler les trains à toutes heures du jour et de la nuit. Clothilde marchait, mar-

chait, et lorsqu'elle revenait enfin à la maison, légèrement fatiguée, légèrement ivre de vent et de chagrin, la
pauvrette mettait son pyjama et enclenchait le tourne-
disque sur lequel traînait en permanence un vieil en-
registrement de Liberace. La musique alors jaillissait en
cascades, ce n'était plus que rires et gloussements de
joie. Clothilde finissait de se consoler en se rappelant
ses dernières vacances. Les chutes Niagara. Un rêve de
longue date s'était alors réalisé, rapprochant la mort
d'autant de temps. «Je peux mourir maintenant», avait-
elle coutume de dire. Personne ne protestait. «Tic-tac,
tic-tac! C'est pour bientôt!» scandait le pendule. Clothilde
faisait comme si elle n'avait rien entendu.

Le jour, elle enseignait la musique à des adolescents
qui l'avaient en horreur. Dans sa classe, des affiches
Profils de musiciens en ombres chinoises recouvraient les
murs et, là aussi, un vieux tourne-disque jouait du
Liberace. Clothilde avait installé le piano dans le coin
gauche, légèrement de biais par rapport au mur; l'ins-
trument ainsi placé, elle pouvait aisément surveiller ses
élèves tout en accompagnant leurs chants. Elle savait
toujours avec précision qui avait chanté et qui s'était
contenté d'articuler les paroles, qui faussait et qui ne
faisait rien du tout. Des générations d'élèves l'avaient
détestée profondément et la détestaient encore. Moi qui
passais par là, je les voyais parfois: les gars serraient
les dents, une fille menaçait de se jeter par la fenêtre.

Outre le piano, la classe contenait bon nombre
d'instruments de toutes sortes: vibraphones, cymbales,
triangles et tambours de Basque. «J'les laisse taper un
peu, de temps en temps; ça les amuse!» racontait-elle.
Mais ces hardiesses pédagogiques se raréfiaient d'an-

née en année, Clothilde craignant plus que tout que les étudiants ne s'enhardissent, eux aussi, qu'ils ne se mettent à frapper un peu partout, sur les tables, les murs, le toit de l'église et les collines, au loin. «Le désordre engendre le désordre», racontait-elle à tout venant. Si on les laissait libres d'agir à leur guise, les étudiants ne tarderaient guère à instaurer un véritable régime de terreur. Sans compter qu'ils risquaient d'abîmer les instruments. Les instruments! Clothilde se sentait intimement concernée par tous les instruments de musique. Elle avait leur sécurité à cœur. Intarissable, elle racontait à qui voulait encore l'entendre comment elle avait découvert treize guitares en piteux état dans un réduit sombre et humide à l'arrière de l'amphithéâtre. Les chevalets arrachés, les cordes cassées, les vernis qui s'écaillaient lentement dans l'indifférence générale, tout cela l'avait terrorisée et elle s'était juré que rien de semblable n'arriverait aux quatre murs, aux trois grandes fenêtres et aux vingt-sept mailloches qui s'étaient mis, spontanément, sous sa juridiction. Dès lors, elle se mit à exercer un contrôle tyrannique sur la salle de musique et nul ne put y pénétrer sans son assentiment.

Un jour, le concierge, qui possédait un passe-partout, le concierge, dis-je, a ouvert une fenêtre. «C'était pour aérer», a-t-il dit. Et il est reparti parce que le téléphone sonnait, que sa journée de travail était terminée et que sa femme l'attendait, pour le meilleur et pour le pire. Le pauvre n'a plus pensé à la fenêtre ouverte. Le lendemain matin, la neige recouvrait les xylophones. «On se serait cru dans *Docteur Jivago*», alla raconter Clothilde, toute transie, au bureau de la directrice, laquelle fit mander le concierge et le sermonna vertement. «Désormais, ma chère, plus personne ne détiendra la clé de la classe de musique, hormis vous et moi!» assura la directrice. Qui, par la suite, s'avisa pourtant de prêter le local à une jeune et jolie étudiante du Conservatoire. Dominique, je crois. Dominique enseignait le piano à une ribambelle de petits garçons tous plus turbulents les uns que les autres. Moi qui passais par là, j'ai jeté un coup d'œil par la vitre embuée; un jeune enfant se tenait debout sur le pied du grand piano pendant que son frère faisait pivoter le banc à toute vitesse. J'ai vu le piano bouger, avancer, puis reculer d'un bon centimètre; l'angle qu'il formait maintenant avec la classe ne permettrait plus à Clothilde de surveiller ses élèves.

Le choc fut terrible. Elle se brisa les reins en tentant de remettre les choses en place; c'est du moins ce qu'elle alla raconter au chef du personnel, lequel s'empressa aussitôt de remplacer la directrice par un directeur plus au fait des histoires de pianos qui ne doivent pas bouger. Moi qui passais par là, j'ai vu la directrice qui pleurait, son visage embué, et la photographie de ses deux petites filles qui pleuraient aussi, sur son bureau.

Comme on peut le constater, quand on est écrivain, on raconte parfois des histoires tristes; on échappe des mots crus, des salades, des sonates; on pense que les lecteurs possèdent des appétits gargantuesques et qu'ils apprécient particulièrement chez l'auteur une vision claire de ce qu'est la vie. On se trompe, comme s'est également trompé le nouveau directeur lorsqu'il m'a prêté le local de musique pour que mon amie Odette et les enfants du voisinage puissent y travailler leurs pièces de fin d'année. Odette et les enfants ont pris d'assaut les xylophones et les cymbales; ils ont battu les tambours, tapé du pied, frappé dans leurs mains et fait tinter les triangles, le tout fort joliment, ma foi. Pour tout vous dire, c'était magnifique, et toutes les branches du vieux saule se sont inclinées vers la fenêtre pour mieux entendre, et la pluie s'est mise de la partie en tambourinant joyeusement sur la toiture, sur les autobus scolaires stationnés dans la cour, une cour bondée d'enfants qui n'avaient jamais été aussi attentifs, les maîtres n'en croyaient pas leurs oreilles!

Le concert terminé, les autobus ont ramené les enfants chez eux, les maîtres sont retournés dans leur classe. Dans la salle de musique, un jeune garçon a échappé une mailloche par la fenêtre, un autre a emporté la sienne avec lui, par mégarde. Le lendemain, le directeur de la commission scolaire était saisi de la chose et enjoignait son subalterne de faire sa valise. Nous étions à la mi-novembre. Moi qui passais par là, je l'ai vu se jeter dans la rivière. L'eau était peu profonde, mais les glaces n'en ont fait qu'une bouchée.

Toute cette histoire est terminée maintenant. Faute de participants. Les hanches de Clothilde se sont encore élargies, son emprise couvre toute la classe de musique. Il y a belle lurette qu'aucun élève ne s'en approche plus. «Ils abîment trop les mailloches», raconte-t-elle à ceux qui s'étonnent. On a mis du temps à combler le poste de directeur. Le dernier en date n'a pas fait la guerre, mais il semble animé d'un dangereux enthousiasme. Moi qui passais par là, je l'ai vu rôder d'un air songeur autour de la classe de musique.

Alors, j'ai moi aussi fait ma valise, bien décidée à ne plus passer par là.

PORTRAIT DE SYLVIE, QUI RÉFLÉCHISSAIT

Ils s'étaient fréquentés quelque temps, un an, deux peut-être, avant de convoler en justes noces, comme on disait autrefois. Quelle étrange formule! Quoi qu'il en soit, ils s'étaient bel et bien mariés. En plein mois de mai. Une semaine plus tard, le voyage de noces terminé, ils emménageaient dans une maison mobile au milieu du village, à deux coins de rue des parents. Le père de Sylvie vint les aider à compléter l'aménagement extérieur: ajouter une galerie, bâtir l'escalier, couler le béton pour le trottoir. «C'est modeste, mais ils seront chez eux», dirent les parents.

Achat de mobilier, souper entre amis, activités sportives les fins de semaine, la vie commune s'organisait. Sylvie avait facilement trouvé du travail. C'était une jeune fille qui faisait l'unanimité. Une jeune fille qui correspondait en tous points à l'idée qu'on se fait habituellement d'une jeune fille, me disais-je, en la regardant aller et venir. Nous partagions le même bureau, à l'époque. Chaque matin je la voyais arriver, souriante. Elle saluait à la ronde, glissait quelques mots sur sa sortie de la veille, se servait une tasse de café et regagnait sa place, où elle s'asseyait, non sans jeter un coup d'œil par la fenêtre. L'espace d'un instant, ses yeux semblaient s'envoler un peu plus loin, un peu plus haut.

Après quoi elle se mettait à la tâche, travaillant consciencieusement des heures durant, s'interrompant à peine, mais s'interrompant tout de même, de temps en temps, soudainement et brusquement, pour poser une question, une question portant indifféremment sur l'heure qu'il était, la date, la vie, l'amour, les hommes. Elle écoutait la réponse sans broncher, ses yeux s'envolaient un peu plus loin, un peu plus haut.

«Sylvie réfléchit», me disais-je.

DAVID

— Grouille-toi! J'suis pressée.

Rouge de colère ou de confusion, David me jette un regard incrédule. Il n'en croit ni ses yeux ni ses oreilles. À vrai dire, c'est la première fois que quelqu'un lui parle sur ce ton. Les employés des postes sont des gens tranquilles, modestes, méthodiques. Ils sont affables aussi. Ils ne manqueront pas de vous rendre un petit service, au besoin, si ça cadre avec l'exercice de leurs fonctions. Il semble cependant que se faire invectiver de la sorte un beau matin d'avril ne cadre pas vraiment avec l'exercice de ses fonctions. Rouge de colère ou de confusion, David me jette un regard incrédule. A-t-il bien entendu? Elle sourit, pourtant. Serait-elle atteinte de cette maladie qui pousse les gens à crier des obscénités sur la place publique?

Heureusement pour moi, David me donne le bénéfice du doute. Avec les deux timbres que je lui ai demandés. Et mon reçu. Je souris toujours. Ineffablement. Plus il rougit, plus mon sourire déborde, et se dilate, et s'expansionne. Mon sourire est sans égal. J'ai atteint mon but: une rougeur subite, une légère hésitation, une fausse désinvolture dans les réponses que David improvise du tac au tac au gré de mes provocations matinales. Je pourrais répéter l'expérience des milliers de fois que le résultat serait toujours le même: rouge de colère ou de confusion, David se demande s'il doit s'offusquer ou non. Il n'arrive pas à s'habituer. Plutôt soupe au lait, cet homme.

«Si je devais mourir demain, il se souviendrait de moi», me dis-je, satisfaite.

LE CARREFOUR
INTERNATIONAL
DE RIEN

B on an mal an, le Carrefour international de rien at-
tire chez nous des milliers de visiteurs. C'est le
plus grand événement du genre en Amérique, lit-on
dans la publicité.

Je sais. Vous vous demandez comment diable un
événement de cette envergure peut-il avoir lieu dans
une région aussi éloignée que la nôtre, dans une ville
qui n'en est même pas une à la vérité, à peine un village, un hameau ma foi, un lieu-dit, un point sur la
carte, une tête d'épingle... « Amqui! Où ça, Amqui?»

Tous pareils, ces urbains! Hors de chez eux, point
de salut! Mais réfléchissez un peu, si vous en êtes encore capables, ce dont il m'arrive parfois de douter :
n'avons-nous pas tout ce qu'il faut pour organiser un
événement de ce genre? Ou plutôt, théâtres, musées,
complexes sportifs et centres commerciaux, ne nous
manque-t-il pas tout ce qui rendrait sa réalisation impossible?

Essayez un peu de vous imaginer, si toutefois il
vous reste une once d'imagination, ce dont il m'arrive
de douter, à vrai dire! Pendant toute une longue et
belle semaine, il ne se passera strictement rien chez

nous. De quoi faire rêver les paresseux dans leurs arbres! Non que la vie soit habituellement si trépidante, mais enfin, il se passe tout de même des choses de temps en temps. De temps en temps, un homme dresse une barricade, un autre fait un faux témoignage; pompiers volontaires et agents de la Sûreté organisent un déjeuner musical pour venir en aide aux enfants pauvres. En 1986, quelques jours à peine avant le début des festivités, l'église a été rasée par les flammes! Nous l'avions échappée belle, alors!

Cette année, le Carrefour célèbre son vingtième anniversaire. Les fêtes atteindront sûrement une splendeur inégalée. On ne rit pas avec les anniversaires! Je me suis laissée dire que tous ceux qui ne font rien de par le vaste monde avaient été invités à se joindre à nous. «Nul doute qu'ils profiteront de l'occasion qui leur est offerte de venir ne rien faire dans un cadre aussi enchanteur», me disait un organisateur, l'autre jour.

Ah! quelle belle semaine ce sera!

En fait, jusqu'à hier, tout était prêt pour l'ouverture. Les automobilistes avaient mis leurs pneus d'hiver, les abris *Tempo* se faisaient face, le temps était frisquet mais pas trop, lorsque l'impensable se produisit: hier, avant-veille de l'ouverture, une volée d'outardes venu on ne sait d'où apparut à l'horizon.

«Rien de grave, ne nous affolons pas!» dirent les organisateurs.

Or, contrairement à ce qui se passe habituellement chez nous — les visiteurs n'ayant pas coutume de s'éterniser outre mesure —, les grandes oies décidèrent tout à coup de mettre pattes à terre. Elles choisirent à cet égard un terrain vacant, nul et sans emploi, situé juste en face de l'église.

En ville, ce fut la consternation.

Réunis en assemblée générale extraordinaire, les conseillers municipaux proposèrent de les déloger à coups de fusil tirés en l'air ; comme il fallait s'y attendre, les écologistes protestèrent, dénonçant du même coup l'incurie des autorités gouvernementales, la désertification du globe et les agriculteurs du Bas-du-Fleuve qui, depuis quelques années, refusaient systématiquement aux oies l'accès aux battures. Devant l'urgence de la situation — les grandes agences menaçaient de boycotter le Carrefour —, le gouvernement dépêcha l'escouade antiémeute. (Le moins que l'on puisse dire, c'est qu'elle fit diligence, l'escouade...)

Peine perdue! Insensibles aux grands enjeux de l'heure, les oies sont restées là, à jacasser stupidement ; elles y sont toujours, d'ailleurs! Annulation sur annulation, les téléphones ne dérougissent plus et de gros nuages noirs s'amoncellent au-dessus de nos têtes. La population est sous le choc. Les spécialistes prédisent une vague de suicides sans précédent.

Noblesse oblige, la voisine qui étend son linge dans la lune a dû céder la place à une volée d'outardes qui jacassent. De la fenêtre de ma chambre, je les entends parfois, les nuits de pleine lune, quand il fait beau dehors et que l'obscurité pèse sur un monde de misère.

LE NOTABLE

Je supposai qu'on enterrait un notable, le terrain de stationnement de l'église était plein à craquer et les voitures continuaient d'affluer; ça débordait jusque sur les rues avoisinantes; je suis bien placée pour le savoir, j'habite les rues avoisinantes: quand c'est Pâques ou qu'on enterre un notable, y a plus moyen de rentrer chez soi tranquille. Pensez: le beau corbillard blanc qui roule silencieusement comme sur un nuage, les luxueuses limousines pour la famille immédiate, sans compter les Chrysler, les Oldsmobile et les Cadillac, toutes plus rutilantes les unes que les autres. S'il se trouve que je reviens de l'épicerie juste à ce moment-là, je reste coincée dans un embouteillage monstre, comme si on était en ville — la grenouille qui veut se faire aussi grosse que le bœuf —, à tel point que je dois abandonner ma voiture et parcourir le reste du chemin à pied.

«Mais qu'est-ce qu'elle fait là, elle, avec ses sacs d'épicerie?» disent les gens.

Des paquets plein les bras, je tente de me frayer un passage parmi la foule des sympathisants, parents et amis venus rendre un dernier hommage au notable. «Si jeune», me dit une vieille dame, une nonagénaire... Je suis prête à parier que son «jeunot» dépasse largement la soixantaine. «Mariette ne s'en remettra jamais», affirme une autre dame, juste derrière moi. «Coudon, t'es-tu acheté un nouveau char?» demande Philippe

Thériault à Claude Caron. Serrements de mains. Ils n'en finissent plus de se serrer la main.

De l'autre côté de la rue, le bedeau et la bedaine ont mis leurs belles casquettes marine avec une bande dorée et une bande rouge; ils se tiennent au garde-à-vous en bas de l'escalier pendant que leur confrère multiplie les signes et les invites à l'intention du chauffeur afin qu'il immobilise son corbillard au bon endroit. Une bonne centaine de personnes sont massées sur le parvis, à attendre; elles attendent qu'on amène le mort; il est important que le mort soit le premier à entrer dans l'église, alors les gens restent là, poliment, à attendre, tandis que les retardataires, eux, pressent le pas. À n'en pas douter, ce sont tous là gens de qualité. Je brûle d'envie de leur demander qui on enterre ainsi avec autant de faste, mais je les connais: si je le faisais, ils hausseraient les épaules. «Comment, vous ne savez pas?» diraient-ils et ils auraient tôt fait de m'envoyer au diable. «Complètement déphasée, la pauvre» penseraient-ils.

Ils n'ont pas tout à fait tort. Des pigeons baumiers volent autour du clocher. Je vois le cimetière, les arbres maigres, le froid, l'indifférence; j'entends les gargouillements de la rivière qui couve encore sous la glace. «Mais qu'est-ce que je fais ici?» me dis-je, incrédule. Est-ce Dieu possible, tout cela existe-t-il vraiment? À l'horizon, le soleil remonte par-dessus sa tête des draps roses et jaunes comme il le faisait autrefois, lorsque j'étais jeune fille et que je revenais du collège, des livres plein les bras. Je me souviens, je marchais sur la Grande-Allée à Québec, le ciel rose et jaune laissait présager un avenir meilleur quelque part à l'ouest; je me récitais des vers de Baudelaire : «Courons vers l'horizon, il est tard, courons vite / Pour attraper au moins un oblique rayon». Et je me mettais à courir, espérant vaguement qu'après avoir tourné le coin de l'avenue des Érables, je serais transportée dans un autre monde, la touffeur d'une journée d'été avec des nuages roses et jaunes sur lesquels je m'embarquerais pour ne plus jamais revenir. Hélas! J'avais depuis longtemps dépassé l'avenue des Érables, le soleil fuyait à mon approche et je poursuivais patiemment mon chemin comme je le fais aujourd'hui.

Une fois rentrée chez moi, j'oubliai complètement le notable et son enterrement. Je sais: c'est déplorable, mais nous avons tous pris l'habitude de nous replier ainsi sur nous-mêmes; quand on habite près d'une église, on se doit d'adopter de tels comportements défensifs, c'est même une question de survie. Écoutez: il suffit qu'on se mette à table pour que les cloches se mettent à sonner; un angelus n'attend pas l'autre, c'est bien simple, on ne s'entend plus parler. «J'ai décidé de lâcher l'école», lance Vincent et les cloches battent à toute volée, comme si c'était une bonne idée. Tout cela nuit à la communication entre les membres d'une famille, voyez-vous; c'est pourquoi nous avons adopté ces comportements défensifs dont je parlais tout à l'heure. Bref, laissant le notable à ma porte, je m'étais lancée dans la préparation d'un succulent repas (je ne veux pas entendre un rire) lorsque je me suis rendue compte que j'avais oublié d'acheter le bouillon de poulet. «Ah, non» me suis-je exclamée, mais cela ne me servit à rien et je dus quand même m'habiller et retourner à l'épicerie.

[123]

C'était l'heure bleue: si solennelle, si mystérieuse...
Une fébrilité qui nous vient des étoiles, anonymes
étoiles...

Curieusement, je débouchai sur la place au moment même où l'on ouvrait toutes grandes les portes de
l'église; le mort fut le premier à sortir et tous ceux qui
avaient assisté à la cérémonie le suivaient de près; ils
étaient des centaines, des milliers peut-être, à faire cris-
ser la neige sous leurs pas; ils parlaient à voix basse,
toussotaient, crachotaient; dans le stationnement, les
automobilistes allumaient leurs phares; ils laissaient
tourner leur moteur en attendant le moment de s'engager dans le cortège à leur tour, derrière les Chrysler,
les limousines et le beau corbillard blanc qui roulait silencieusement comme sur un nuage. À l'intersection de
la rue du Pont et de la rue Desbiens, deux camionnettes
placées tout de travers obstruaient presque complètement la voie; leurs occupants en étaient descendus et
discutaient entre eux à l'aide de leurs téléphones cel-
lulaires; ils semblaient avoir fort à faire pour régler la
circulation. Les gyrophares des voitures de police ver-
saient des éclairs pour le moins inquiétants. Une ombre
tremblante nappait les collines, la rivière s'était éteinte.
«Mais qu'est-ce qui se passe? me dis-je. Quel vainqueur,
quel prophète mérite tous ces débordements?»

Deux à deux, trois à trois, les gens rentraient chez
eux; à la porte des maisons, je les voyais qui s'embras-
saient avant de se quitter, comme à regret. «Fais ben attention à toi», entendis-je. Les voitures se firent de plus
en plus rares. Un croissant de lune, comme un porte-
manteau, s'installa au-dessus de la maison des vieux.

Il y eut un dernier éclair de gyrophare et je compris soudain que ce notable qu'on venait d'enterrer et pour lequel toute la ville avait suspendu ses activités, ce «petit notable» n'avait que seize ans et il s'était enlevé la vie quelques jours auparavant parce qu'il n'en pouvait plus «de se réveiller chaque matin, en sueur et les yeux pleins d'eau», avait-il écrit dans une lettre laissée à l'intention de ses proches.

Je ne pus retenir un rauque sanglot — les pères et les mères ont toujours de tels sanglots dans la gorge. Lorsque je revins sur la place, quelque dix minutes plus tard, les vitraux brillaient encore, mais le bedeau et la bedaine s'occupaient de fermer les grandes portes de l'église. Je m'étonnai de la placidité des vieux murs; j'aurais souhaité qu'ils fassent preuve d'un peu plus de compassion; pour dire le vrai, j'aurais voulu qu'ils s'affaissent et que les cloches refusent de se taire; dans de telles situations parfaitement intolérables pour tout le monde, la Terre devrait rejeter les corps: «Non, pas lui, il est beaucoup trop jeune encore! Pas elle non plus, voyons, quelle idée! Elle vient à peine de terminer ses études! Et ceux-là, non pas ceux-là, t'exagères, la mort, ceux-là viennent tout juste d'avoir un enfant...» Et ainsi de suite, amen et tout ce que vous voudrez.

UNE EXCURSION
AUX BLEUETS

L e mois d'août. La chaleur est à son comble. Le teint doré, le corps repu de soleil, de sable et de mer, certains reviennent de vacances; d'autres s'apprêtent tout juste à partir. Les plages américaines les réclament en force, mais il y a la dévaluation du dollar... «Nous irons à l'Île-du-Prince-Édouard», disent-ils.

Le mois d'août. La chaleur est à son comble et il vente. Un vent d'août, fiévreux, envahissant, qui déplace les dunes. Des ballons volent, des embarcations tanguent, des voiles claquent. À Memphis, les fans d'Elvis Presley se préparent à célébrer l'anniversaire de sa mort. Plus près de nous, au *Big Indian*, les bleuets sont mûrs, prêts pour la cueillette.

(Comme c'est mauvais. Recommençons tout! La page, le livre, ma vie entière. Quelle idée ridicule de venir s'installer ici, avec vue sur le ciel, loin des yeux, loin du cœur... Et ce traversier qui agite pompeusement son drapeau sous mes fenêtres, histoire de bien me faire sentir sa présence, celle des goélands et celle du fleuve, lourd et sirupeux, sur lequel les glaces commencent à dériver lentement pour un hiver sans fin.)

— Qu'est-ce que c'est que cette ridicule histoire de bleuets alors que je suis là, que je traverse ta fenêtre en agitant pom-

peusement *mon drapeau, que les vieilles maisons de pierre se frottent les unes aux autres... Une ville morte de froid et de neige, des falaises striées de blanc, n'est-ce pas plus... approprié pour quelqu'un qui se cherche des lecteurs?*

Au mois d'août, les fans d'Elvis Presley se rendent à Memphis pour y célébrer l'anniversaire de sa mort. Ils chantent *Love me tender* en se tenant par la main; ils chantent *Dont be cruel* en marquant le rythme avec des mouvements de hanches et d'épaules...

— *Nul,* dit le traversier. *Qui cela peut-il bien intéresser?*

Plus près de nous, au *Big Indian,* les bleuets sont d'un bleu lumineux à travers le feuillage, petit œil, gros œil, qui s'entêtent à pousser sous les lignes de transmission, dans les vieux bûchés, là où les feux de forêt ont fait des ravages, par-dessus les sphaignes, au travers des souches, dans les endroits les plus inhospitaliers du globe.

Benoit et moi fourbissons tranquillement nos armes: d'énormes chaudières, des casseroles, des contenants de crème glacée; des bouteilles d'huile à mouches et un panier à provisions. Il faut remplir le réservoir d'essence, jeter un coup d'œil sur la roue de secours. Nous emprunterons la route de Saint-Léon. Une si jolie route... Nous avions manqué y acheter une maison, un jour. «Elle ne rentrera pas dans la voiture», s'était esclaffé Vincent. Il n'avait pas trois ans, à l'époque. Chaque fois que j'emprunte cette route, ce souvenir me revient et je souris. C'est ce qu'on appelle un souvenir heureux. «Voilà qui augure bien pour le restant de la journée», me dis-je. Comble de bonheur, le lac est turquoise, ce matin. Un petit vent le fait mousser comme une chope de bière. Avec un peu d'imagination, on pourrait penser à la Méditerranée. S'abstenir de tousser surtout, le village est encore tout endormi. De l'autre côté, une route sans nom, indicible, qui nous amènera en pleine forêt, cette pauvre forêt livrée aux compagnies forestières et aux sociétés d'aménagement, le royaume des moissonneuses-débardeuses, un monde de framboisiers jaunis, de roulottes défraîchies, pancartes arrachées, bidons d'essence vides et semi-remorques roulant à train d'enfer, un nuage de poussière accroché à l'arrière. Une terre à vif, la chair sens dessus dessous, racines mises à nu...

— *Cela vaut-il la peine de faire tant d'histoires ?*

...des nids de guêpes, des mouches noires, des chicots qui balaient le paysage, des grands brûlés...

— *Ici, c'est plutôt tranquille. Une noyade une fois de temps en temps. Des levers de soleil, la foule joyeuse des promeneurs du dimanche...*

La route monte, descend, tourne et vire encore pour s'enfoncer, tête baissée, dans une grande forêt de conifères. La Milnikek, déjà! Ma rivière préférée. Vive, limpide, qui se couche, et se creuse, et s'arrondit, et prend ses aises, dessine ici une île, là un marais, un étang parfumé, sonore, où vient s'ébattre un bel ours noir que nous délogerons sans le vouloir.

— *Et les monuments... N'aimes-tu pas les monuments ? L'horloge géante, l'obélisque à Wolfe et Montcalm, les pigeons, les nuages ? Tous ces petits destins accoudés au bastingage, est-ce que cela ne t'émeut pas ?*

Premier arrêt: le haut d'un talus en bordure de la route. Nous cueillons quelque temps en prenant soin de ne choisir que les fruits les plus gros, les plus juteux.

«Nous ne sommes pas nés pour des petits bleuets»,
ai-je dit à Benoit.

— *Passionnant, vraiment!...*

Patience! À partir de là, l'histoire se corse...

— *Ce n'est pas trop tôt...*

...le chemin se rétrécit. Ornières, nids-de-poule,
troncs renversés, ruisseaux qui débordent. Ralentir, bifurquer à droite, à gauche, contourner une montagne,
franchir un abîme. Nous avançons lentement, précautionneusement...

— *...Mais quelle heure est-il donc?*

Au détour d'un chemin, un affleurement de roches
ayant pris naissance à des milliers de kilomètres de là,
au cours d'anciennes et lointaines glaciations. Nous
croisons un petit avion qui attend, au garde-à-vous,
dans une éclaircie. On s'en sert pour les arrosages d'insecticides. Il s'ennuie, le dimanche.

— *Ici, le fleuve est vaste et lisse. Imperturbable. Il va son
chemin, d'est en ouest. Des pétroliers, des barges, des yachts,
des voiliers, grands ou petits, le sillonnent dans tous les
sens. On voit le pont de l'île, des clochers d'églises. Les feux
vivants des raffineries...*

...Ici et là, un geai bleu, un lièvre apprivoisé qui
vient manger dans nos mains, un junko voletant d'une
branche à une autre, comme une commère, et qui n'aura de cesse qu'il n'ait ameuté tout le quartier. Et puis
le vent, un vent doux et humble de cœur, qui en a long
à dire sur cette journée d'été...

Et, petit à petit, sans qu'on sache trop pourquoi, le
paysage s'adoucit. Le chemin se met à serpenter joliment; l'herbe y pousse en plein centre, un écureuil, une

musaraigne le traversent de part en part; des prairies le bordent; des prairies blondes, aussi blondes que Claudia Schiffer, presque platine, et qu'on imagine douces au toucher, comme les cheveux de Claudia Schiffer. Des aulnes, des noisetiers dont les branches se rejoignent au-dessus de nos têtes pour une cérémonie officielle. Il est midi. Le soleil, le ciel, tout est immobile. À peine quelques bourdonnements d'insectes. Nous avons déposé le panier de provisions sur le capot de la voiture et nous mangeons nos sandwichs en silence. C'est la plus belle chose qui puisse arriver à quelqu'un sur cette Terre: manger des sandwichs en silence, debout sous le soleil de midi, en remuant parfois la tête, comme une bête, pour chasser les mouches. Avancer de quelques pas et s'approprier un autre morceau de ciel. Regarder, répertorier, admirer. Rendre grâce non pas à Dieu mais à la Terre... Cette bonne vieille Terre!

Une fois repus des yeux et du ventre, il ne reste plus qu'à ranger le panier dans le coffre, qu'à nous asperger copieusement la nuque d'huile de vison. «Envoyons d'l'avant, nos gens...» L'heure est venue de passer aux choses sérieuses. Nous attaquons la première talle, et puis une deuxième; les fruits sont de plus en plus gros, de plus en plus lourds et de plus en plus bleus. Ils emplissent la main et tombent dans le récipient avec un crépitement de tambour. Cela dure quelque temps, et plus encore. Benoit s'épivarde d'un plant à un autre. Il se penche, se relève, se surprend à chanter, à danser, compare sa cueillette à la mienne. La terre craque. Sous nos pieds, des arbrisseaux en miettes, une sphaigne épaisse, poudreuse; des crissements d'insectes. Sur nos têtes, un implacable soleil.

UN SOIR, UNE NUIT

Un soir, une nuit, je prendrai ma maison dans mes bras et je partirai, laissant derrière moi tout ce grand cafouillage, ces rumeurs sur l'asphalte, la bêtise, les parjures, et puis cette odeur de ferraille, de fleurs bêtement mises en terre, sans délicatesse aucune, et ces petites roses des vents en plastique blanc et rouge qui ne cessent de tourner à longueur d'année comme des moulins à prières.

Un soir, une nuit, j'arracherai la maison de ses fondations et je partirai pour de bon, laissant derrière moi une plaie béante, la cave avec ses ordinateurs, et la table de ping-pong, et la radio, et les prélarts tachés de pourpre; c'est dommage, j'aimais la façon dont la porte ouverte laissait venir la lumière les jours d'été, les feuilles qui s'entassaient dans l'entrée, l'automne venu.

Hélas! le fait est qu'on ne peut pas toujours rester, les restants s'enlisent, s'encrassent, ça se voit d'ailleurs, tous prêts à s'entre-tuer, «Ils virent au aigre», dirait ma mère. «Si nous apprenions à rester coûte que coûte, dent pour dent, nous serions immortels», me dis-je.

Les arbres, je les laisserai là. À la mémoire de. De la vie sur Terre. Les araignées auront beau jeu de s'emparer de l'affaire. Le dentiste Bouchard pourra venir mettre des poissons rouges dans la machine à laver. Le tuyau d'arrosage se mettra à danser comme le grand serpent vert qu'il est en réalité. Mais avant de partir, je commanderai deux chiens de bronze aux fondeurs d'Inverness, des chiens aux yeux pleins de désir, la queue dressée, en attente de caresses, et je les laisserai là, eux aussi ; ils témoigneront d'une autre époque, d'un bonheur brouillon. Nous y avions fait notre nid, jadis ; les oiselets dormaient au deuxième.

Un soir, une nuit, c'est toute la vallée que j'arracherai d'un coup, à bras le corps, à pied levé. Des brassées de trèfles, les champs d'avoine, de fraises, les nuits d'hiver, les soirs de lune, pêle-mêle, avec les lacs. Les nuages, les forêts, les stocks de saumons, aussi bien tout me laisser, je ferai attention, me montrerai attentive aux besoins de chacun ; claire et fraîche, l'eau s'écoulera de mes doigts et j'éparpillerai toutes choses au hasard. Je mettrai la charrue avant les bœufs, je laisserai tout tomber. Dans une mine. Une mine d'amiante désaffectée. Des neiges usées. Qui se mettront à reverdir. J'accrocherai le ciel au-dessus de la ville. Les collines n'auront jamais été si bien entourées. La broussaille prendra le dessus et nous oublierons tout de nos enfances tièdes.

Un soir, une nuit, je prendrai ma maison dans mes bras et je partirai. Le patio restera tout seul et sans emploi, le muret s'effritera et les voisins continueront de mentir, de mourir, c'est tout ce qu'ils savent faire, mourir et puis mourir encore, la vie qui se retire, le froid qui monte, comme une eau.

Les hurlements d'une fausse girouette, la douleur du membre absent.

DANS LA MÊME COLLECTION

TABLE DES MATIÈRES

CET OUVRAGE, COMPOSÉ EN PALATINO 11/15,
A ÉTÉ ACHEVÉ D'IMPRIMER SUR LES PRESSES
DE MARC VEILLEUX, IMPRIMEUR À BOUCHERVILLE,
EN FÉVRIER MIL NEUF CENT QUATRE-VINGT-DIX-NEUF.